乡村书系列/新疆美术摄影出版社

自家食粮

于文胜　王族　编

图书在版编目(CIP)数据

自家食粮 / 于文胜，王族编. –– 乌鲁木齐：新疆美术摄影
出版社，2011.4
（乡村书系列）
ISBN 978–7–5469–1468–8

Ⅰ.①自… Ⅱ.①于… ②王… Ⅲ.①散文集–中国–当代
Ⅳ.①I267

中国版本图书馆 CIP 数据核字(2011)第 067990 号

策　　划　王　族
责任编辑　王　族
插　　图　范宏亚
封面设计　唐梦颖

自家食粮

编　　者　于文胜　王　族
出　　版　新疆美术摄影出版社
地　　址　乌鲁木齐市西北路 1085 号
邮　　编　830000
制　　作　乌鲁木齐标杆集书刊设计有限公司
发　　行　新华书店
印　　刷　北京德富泰印务有限公司
开　　本　700 毫米×1000 毫米　1/16
印　　张　11.5
字　　数　165 千字
版　　次　2011 年 5 月第 1 版
印　　次　2011 年 5 月第 1 次印刷
书　　号　ISBN 978–7–5469–1468–8
定　　价　23.00 元

目　录

七十年代吃物录

阿贝尔
现居四川平武。著有《隐秘的乡村》《老屋》等。

猪肉

猪都是圈养。高圈和地圈。高圈底下是茅坑,木楼板、木围栏、草棚,供猪过夏。木楼板和木围栏都留着缝,通风。高圈也是厕所,蹲在上面,对准木板间的缝隙。很多时候,你一蹲下,猪就过来了,哏哏哏地叫,抬起嘴来拱你的屁股。你只有提起裤子站起来,狠狠地踹它两脚,骂它一句"挨刀的"。地圈都是石墙,半边搭了棚子,铺了厚厚的草(麦草和玉米秸),供猪过冬。另外露天的半边是猪粪,到了雨季,全然是视觉的地狱。

记忆中猪身上最好吃的是心肺和小肠。炖萝卜,当然是外婆的手艺。炒猪肝、炒腰花、炒瘦肉、凉拌心舌肚,吃起来总是受限,筷子伸快一点就会被父亲手里的筷子打掉,只有心肺和小肠炖萝卜可以吃够。三十多年过去了,我依然记得小肠的形状、颜色和味道。混在萝卜里,酷似切割下来的橡胶管子。

瘟猪儿肉也好吃,拿尖尖辣子炒成卷卷,那口感,那味道,是今天的猪肉不可比的。

最诱惑人的是外婆刚刚切在菜板上的肉——腊肉——半肥半瘦,油滴滴的。吃菜板上的肉意味着偷或者乞讨,需要冒险,偶尔还要挨上那么一巴掌。外婆的手指上戴了顶针,打起人像是在使暗器。但菜板上的肉格外香,卷在嘴巴里轻嚼,化油从嘴的两角流出来。成年后恍然明白,菜板上的肉好就好在一个"偷",一个非正式。大碗的肉端上桌就算是正式了,正式了也就没胃口了。我把它和婚内婚外情联系起来,再恰当不过。

在学校旁边水井队的袁义清家吃过两块炸猪肝。猪肝上带了点脂肪,盐味很足,吃起流油。好像是麦收季节。袁义清本是带我去吃香蕉苹果的。他们家院坝里有好几树香蕉苹果,顶梢的都已经变红。可是到了他家,他却只字不提香蕉苹果了,跑进屋拿了炸猪肝出来。恰好遇到他妈在灶房的油锅里炸猪肝。我在苹果树底下闻到了炸油果子的味道。我没有见过袁义清的妈,后来也不曾见过,想必已经不在了,但炸猪肝的味道总是让我想象到一位站在灶边的乡村女人的侧影。

毕飞宇说猪是一种植物,但我在七十年代的那些冬天的早晨看到的却不是那样。猪是动物,从地圈跑到高圈,又从高圈跑到地圈,不肯屈服于屠刀,拼命挣扎,以至于蹬垮了圈块子,以至于四蹄鲜血淋漓。它怎么是植物?它哪一点像土豆?哪一点像豆腐菜?人很冷静,抽着烟,擤着鼻子,逮的逮耳朵,逮的逮蹄子,逮的逮尾巴,再大再凶的猪也能给按到板凳上。遇到不归顺的,实在有些吃力,喊一声,隔壁的李金全、王金勇、马正喜都来了。王光颂拴在胸前的皮围腰油亮,手里的屠刀雪亮,他摸了摸猪的皮肉折叠的颈项,把刀送了进去。猪开始还在呻吟,慢慢地没声气了,打起冷拳,最后才一动不动变成一棵植物。

四五个男人在猪圈里逮一头猪,怎么看也不像外婆一个人在园子里砍一窝包菜或摘一个南瓜。

关于猪肉,每一个汉人都有自己的记忆。这些记忆不再是我们个人味觉的延伸,已经成了一种文化(一种关于猪的文化)。看看这些汉语:猪脑壳、核桃肉、猪嘴搭连铁、项(音 hang)圈肉、保肋肉、五花肉、坐凳儿肉、轩底子、筒子骨、背溜、耳叶……没有哪一种动物可以像猪这样几乎每一部位都能获取一个词语。

猪终究是一个失败的物种,它的基因改变了,越来越接近植物。人类歌颂猪,是

自家食粮

范宏亚作品

为了他们的肚福和口福。估计其他动物投在猪身上的，都是鄙夷的目光。

牛肉

吃不到牛肉鼓上报仇。鼓自然是牛皮绷的。

牛脑壳廉价，算是丢弃之物。生产队的耕牛滚岩了，把皮剥了，把肉背回来卖。不晓得价钱，估计也就是两三毛一斤。家家户户都有人到生产队保管室去割牛肉，唯独我们家没人去。父亲跟母亲在后檐下嘀咕，然后去了大柴林。我们四姊妹吃不上牛肉，便坐在樱桃树下罢工——也算是鼓上报仇。

有几次很意外，放学回家看见灶孔里燃着青杠柴，大铁锅上闷着簸箕，里面煮得啵啵响。那肉香带给我身体的反应，用一句惯常的话说就是"喉咙管里拉棕绳"。想揭开簸箕看看，簸箕太大，又溢满水，没那么大气力。外婆回来，揭了簸箕给我看，是牛脑壳。"还要加根柴，肉还没离骨，肉离骨了我撕一坨给你吃。"外婆坐到灶门前加柴，我把脑壳伸在铁锅上的蒸汽里，鼻孔里、耳朵里都是肉香。

一个牛脑壳包含了很多内容，煮熟，撕下来，可以装一洋瓷盆。我们一边嚼牛筋、牛肉，一边说："划得着，划得着，五毛钱买个牛脑壳。"不知道牛的腱子肉吃起是什么味道。加酱，炒青辣子，我们尽管去想象。

驴肉

从小看驴，跟驴有感情，但毫不忌讳，也吃驴肉。饥饿时代，宗教和信仰都得给肚皮让路。

我看的驴从没死过，也不曾见过生产队的驴死。我是在石灰厂吃的驴肉。走石灰厂路过，陈绍富对我说："扯一把蒜苗和洋须来，可以跟我们一起吃驴肉。"多诱人啊，从舌头、牙床，一直到喉咙、肚(上声音，胃的意思)子。从金犬娃家园子里偷了蒜苗和洋须，一口气跑拢石灰厂。驴肉还煮在锅里，喷香，看不出是驴肉。自然是跟陈绍富他们一起吃了驴肉，但没一点吃驴肉的印象。骨头在石灰厂伙食团门边堆了很久，才被丢进石灰窑。长长短短的骨头跟牛骨头没有什么两样，我还记得它们日晒雨淋后发黄的样子，上面像是从未长过肉。

竹鹦子肉

吃过一回。涨洪水在大河里捞的。听见大人在叫竹鹦子，从未见过竹鹦子长啥样，也不知是鸟类还是兽类。等外婆酥了炖好端到饭桌上，只晓得是肉，口感(细刷)和味道(鲜美)都很像是鸡肉。

鸡肉

鸡是看(阴平音)了下蛋的，包括公鸡。我们确实不曾在铁锅里看见过鸡肉。后来才晓得，公鸡不是看了下蛋的，而是看了踏蛋的。一定要公鸡踏过的母鸡下的蛋，才孵得出小鸡。

"背三背柴，挑三担水，给你吃个鸡巴腿。"我们还小，连空桶也挑不起，别说挑水，就是背柴，小背篼里也只能装几根，离吃鸡肉的年龄还早。我还发现，背柴挑水都是谁谁谁家的女婿做的事。看来要吃鸡肉，就得先当上女婿。于是，做女婿，成了我们小孩子的一个梦想。

也有不背柴、不挑水吃到鸡肉的时候。小鸡肉，母鸡肉。小鸡不谙"鸡世"，跑到茅坑里的粪皮上去觅食，结果溺粪水惨死了。也有被救起的。外婆把溺粪水而死的小鸡打捞上来，拿到河里一阵冲洗，连同内物剁了，炒辣子鸡。很多时候鸡巴腿都给我们吃了。吃饭的时候父亲没见到鸡巴腿，总要问："鸡巴腿呢？鸡巴腿哪去了？"外婆尽管父亲去问，不答，只有问烦了的时候才说："猫叼到去了。"还记得刚从粪水里打捞起来的小鸡的样子。两个样子。一个死的样子，一个快要死的样子。小鸡只要还有一口气，外婆就会全力抢救，把肚子里的粪水给它倒出来，拿清水给它洗胃，拿烘笼子给它烤。有几次，我看见小鸡眼睛都闭上了，嘴里也没呀气了，外婆却把它救活了。也有母鸡遇难的时候，在粪水里奋飞，最终精疲力竭，沉寂于粪水。实话讲，当时的我是不希望把小鸡、母鸡救活的，因为只有它们死了，我们才能吃到鸡肉。在小鸡、母鸡自救的过程，我们小孩子都有过落井下石的行径——捡了石头打，或者找来竹竿捅。这样的时候，大人不知道，小鸡知道，但小鸡死了。这个行径，是我们人身上尚未进化掉的禽兽的暗影，就像我们不予承认的欲望和罪恶，就像粪皮上蠕动的驱虫。

剖母鸡的时候，我们摘下它们的心肝和肾脏，同时也摘下它们尚未孕育成熟的卵。如果是公鸡，则摘下它们的睾丸。跟摘一棵菜、一根瓜一样。

人间食粮

宋晓杰

现居辽宁盘锦,系《红海滩》主编。

水稻

每年五月,它们像草一样站在水里,也像草一样不引人注目。但是,它们仍旧一根一根精神抖擞地站着,借四四方方的水面当镜子,臭美地照来照去。那时,它们还没有长成稻米的迹象,像缩小版的我们,一群乡下的毛孩子,没人有闲工夫正眼看我们,风就风着,雨就雨着,长不长都是自己的事。

可是,不用着急,它们像丑小鸭,早早晚晚会变成白天鹅;它们是小美人儿,早早晚晚要变成大美女。成长的过程是容易被忽略的——除了像它们生身父母一样的农人之外,天天不错眼珠儿看着它们的人,其实没几个。

但是到了九月,情形就完全不同了。九月,注定是沉甸甸的日子,注定是给眼睛惊喜的时候。无数次的潮涨潮落之后,月亮像个可爱的笑脸渐渐地饱满起来。亲爱的水稻们,吸饱了足足的水分,晒好了暖暖的太阳,再不是先前那般孱弱和孤单了。它们开始伸胳膊伸腿儿,见风就长。真不敢相信,几个月工夫,竟然那么大变化——它们已经成为金色秋季中最耀眼、最鲜亮的一部分了。

你看,一望无际的田野仿佛一张金黄的地毯,铺陈在大地上,绒嘟嘟的,散发着香味儿。当你收回望远的目光,健步翻过田埂仔细看时,发现饱满的稻穗一律垂着头,像个谦虚的人,一点也不张扬、不吵闹。顺着稻穗垂着的方向捋一下——那么滑爽!但是,一定要小心,它们会"咬"你的手! ——那些稻芒,沉默着,却藏不住它们的锋利。像沉思的人,虽不多言,但思想的刀锋锐猛、犀利,暗藏着深邃的哲思。不过,你不碰它,它是不会"害"你的。而稻粒呢,它们是实诚的,硬硬的,白胖胖的,还睡在稻壳里。

刚刚过去的这个秋天,我第一次觉得它们是我的亲人。第一次,把它们收入相机带在身边,顺光的、逆光的、成片的、独个的,像我熟悉的家人的种种表情,它们不同的形象都被我爱着。没事的时候就翻出那片片稻海,独自品味,任由它们"兴风作浪"。

——是的,秋天来了!秋季,在我的家乡,大自然是天才的画师,有着最丰富的色彩:红的碱蓬、黑的石油、绿的芦荡、蓝的大海、黄的稻米、白的水面(水产养殖)……而在这些物产当中,唯独稻米兼具了物质与精神的双重属性。

那时候,鲜润欲滴的绿色已转为灿灿的金黄色泽,在正午的阳光下泛着夺目的光芒,你不得不眯起双眼,做了天地间那幅漂亮油画的独享者。一瞬间,仿佛心像间大屋子,忽然同时洞开无数的窗子,心也跟着廓大、豁亮起来。

但十月是迅疾的。过不了几日,秋就尽了……再去看时,也许有些稻已静静地倒伏,或像勇武的士兵,一捆捆背靠背围成圈子,悲壮地做着最后的抵抗。寂静大片大片地空出来,还给沉默的土地和寂寥的天空。霎时,心也跟着空空荡荡的了……

不过,仔细想想,我是幸运的。我所居住的小城,既有都市的繁华和现代,又有农耕时代的古旧和缓慢。在小城的某个角落,不经意间就会见到水稻的身影,它们有的占着大片的田野,像玩疯了的孩子不爱回家;有的躲在高楼的一角、树丛的一隅、柏油公路的一侧,像懂事的孩子,不要求被额外地重视。但是,它们从不偷懒,默默地随

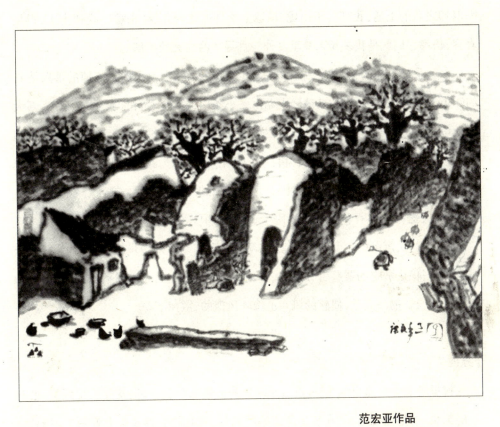

范宏亚作品

着日升月落悄悄长大，并没让人过多地劳心、费神。我们小时候的饭碗里，永远都是高粱的红、玉米的黄，永远也见不到稻米的白——家里仅有的"白米"永远属于弟弟和家中偶尔光顾的客人。每当回想起"那时候"，再联想到不劳而获的现在，忽然心虚，仿佛没有"哺育"我却坐享其成徒占了"母亲"的虚名。于是，我便在这样的回顾与反省中，一次又一次重温着一个乡下孩子成年之后对故园的阅读课。而每一次，像喧哗退却之后的土地，我都会于田垅、坝埝上拾到遗落的几棵"稻穗"，吹掉尘土，得见真容，仿佛它们就是我多年来梦里梦外一直寻找的最大的稻穗。

……我想我是病了，朦朦胧胧的都是怀念，怀念四十年仍然忘不掉的那股清新的味道。那天;楼下超市的玻璃门上贴出一小条白纸，歪歪扭扭很丑的几个字:新大米上市。没有任何感情色彩。他们怎会知道我内心的狂喜和交战?我冲进超市，提起一地米袋中的一个，对售货员说:"快! 快打开! "人家以为我这个平时的马虎鬼忽然细心起来，不信任他们的产品质量呢，忙抽出剪刀拆了米袋边沿的缝线。我像个十足的吸毒鬼，把鼻子和半个脸埋进双手捧起的大米中。久违的米香啊……

第二天，头沉沉的。我想，我是真的病了。不过，新大米慢慢地熬，直到熬成鸭蛋青的颜色，像个贪吃的饕餮者，风卷残云呼呼有声地喝上两大碗稀粥，再北极熊似的睡上长长长长的一大觉，偶感的风寒也像阵风似的，散掉了。

【分镜头】

村里老老少少都叫他"裝一挑"，小时候我不懂也跟着叫，他就假装唬着脸，把右手的拇指、中指捏在一起，在嘴里忽忽地呵着气，在我的大奔儿头上弹两个脆响，外加一句"你个小混蛋!"其实"裝一挑"不是表哥的本名，因为每天他只挑一担水，更没耐心侍候天天要用水泡着才能长大的水稻而得名。

他整天袖着手东游西逛，像个村长，最次也像个小队会计。他与土地不共戴天，凡是与土地相关的事情能躲就躲。好在他的东北女人——我表嫂手脚生风，扔下把子就是扫帚地能干。"恁点儿小事还用我老人家亲自动手吗?"他穿上爸爸送的四个兜中山装——这与乡土异常隔膜的装束——把手缠在屁股后头，到处谈笑风生地讲他的那些玩笑。他总觉得他有用不完的聪明才智,却被淹没在水稻田里了,没一双慧眼识他。于是,他拼命往外挣,像他家房后那条辽河的支流,动荡着,不安分,动不动就想冲开堤坝,毁几架豆角,泡儿垄香瓜。他涣散地游离在生他养他的乡土之外,直到结婚,才被舅妈派去的两个彪形大汉从镇上建筑工地上生生地挟持回来。

表哥去工地是因为有着与他的"谗"相匹配的手艺——十里八村的红白事情,他是当然的第一人选。十七八岁时,他已经是远近闻名的大厨了。"有能耐上外面挣大钱去!汗珠子摔八瓣儿土里刨食儿有啥大出息……"这是他的至理名言。看来裴同志是个有理想、有抱负的好青年。所以,他到建筑工地做起了厨师。

再次见到表哥我差点认不出:黑礼帽、白衬衫、红领带。他坐在妈家的沙发上,沙发桌上放着一个鼓囊囊的公文包。沙发上并排还坐着另一个几乎同样装束的人,他们正与对面沙发上的爸谈着渣油、汽油什么的。那天的场面实在有点儿庄严,若在茶几上插两面小旗,互换白皮书或蓝皮书,就跟国家领导人与外国首脑签署协议、公约一个样儿。听他们的言谈,才知道表哥已摇身变为某炼油厂的厂长助理了。当然,那个说话褶叨叨、偶尔不合时宜露出外交辞令的陌生人就是厂长了。

后来,表哥还扣过大棚子、贷款与人合伙去吉林包过树苗、给别人跑过出租、看过鱼塘、崩过爆米花、走街串巷收过旧家电、开过小饭馆,连谁家合葬挖坟的活儿他也干过。只要是远离水稻和乡土,什么活儿都行。

有一天,表哥蔫蔫地打来电话,说要我帮助找个熟人去医院看病。"肺癌,镇医院查出来的……"妈阴郁地说。

检查结果出来了,并不像镇医院宣判的"死刑"。当我把这个消息告诉表哥时,他在电话那边傻笑起来,"真的? 丫头? 不开玩笑吧 "

我说,"你是不是开玩笑开惯了,这么严肃的事儿,谁有心思像你似的……"

他显然来了神儿,"那,那,那我还能大干一场?"

"说说看,又起啥妖蛾子? 求求你快点发财吧,我都替你愁死了……"

表哥在电话那边傻啦巴叽地干笑两声,"还能干啥,和你大伯儿承包五十亩水稻,前几天刚签的合同……"

玉米

玉米不是水稻,没有其他的寓意,它就是朴素的土特产,属于民间,属于宴会之外的粗茶淡饭——即使粗粮细作,也还是粗粮。所以,总有影视作品或想出门道儿的"乡村游"拿它们做道具,编了"辫子"往房檐下面随便那么一挂,"乡村"的模样就出来了。而它们真正属于哪里呢?

它们的家在田野上,应该在没人关注的地方,除了头上没边没沿儿的天空,脚下辽阔无垠的大地,周围就都是它们的兄弟姐妹了。可它们并不寂寞。没风的时候,它们就睡觉,在睡意沉沉中抻懒腰,长大个儿;有风的时候,它们就沙啦沙啦地相互打招呼、说笑话。如果你听到笑声一片连一片,一定是谁讲了逗人的笑话——对了,它们特别爱笑,像怕痒的小女生,笑起来没完没了。而长大了,它们就变成了老爷爷。你看,那别在玉米秆腰间的玉米像不像号角?长长的"胡须"就是号角的缨穗儿,飘呵飘的,那么神气——那是只有掌管"大家族"的"爷爷"才有的神气。

曾经,在玉米没长成之前,我是分不清玉米秆和高粱秆到底谁是谁的,在我看来,它们的叶片差不多一样,可能,它们谁是谁的堂兄弟、表姐妹也说不定。直到玉米长出整齐的"牙齿",我才能分清彼此——如两个容易混淆的概念,总是分不清来龙去脉,像高烧,一会儿糊涂,一会儿明白。

学龄前,我在乡下奶奶家住过一段时间,那"一段时间"有多长?也许一年半载,也许几个月,但我却一意孤行地认为那就是我的童年——真正的童年。成人后,凡是提到"童年",我想到的都是那段并不确切然而令我无法忘怀的岁月。虽然没有电视、没有娱乐,甚至锅里没有油、碗里没有肉,但那有什么关系呢。

我始终觉得现在的孩子没有童年。说出这句话时,我的内心是寒的、凉的、酸的、疼的。虽然我们深爱着自己的子女,虽然他们的智力远在我们之上。但是,一个孩子如果没有帮过蚯蚓松土,没有看过果核变成苹果树,没有听过百灵鸣叫,没有见过燕子垒窝，没有喝过山泉，没有捉过鱼，没有爬过树、上过房、跳过墙、下过河，没有十里八里扛着满裤子的猪草汗水涟涟笑声不绝（把脱下的裤子三口系死，里面塞满了喂猪的草），没有五枣换三桃的快快乐乐和三天好两天坏的分分合合，没有嘻嘻哈哈赶过夜场电影，没有哆哆嗦嗦路过磷火的坟茔，甚至，没有一个土得掉渣儿的绰号，没有用过邻家老奶奶的偏方治过冻疮、没有树枝划破过皮肤、没有手脚并用的格斗……都不是完整的童年。仅有高尖端的电玩和缤纷的游戏，仅有甜的蛋糕、炫的MP5、前卫的发型、时尚的牛仔和崭新的压岁钱……我觉得，这不是童年的全部意义，根本不是！

我的住所距离护城河有五分钟的路，夏天的傍晚，那是我散步的唯一去向。那儿没有我的亲戚，也没有朋友邀约，但我的脚步总是固执地朝向那个方向。只因为那儿有大片大片的玉米，仿佛一直种到天边了——只需五分钟，我就完成了从喧闹的人世向清静无为的精神境界的转折。每天每天，当我一踏上大堤，迎着微风，嗅到水汽和泥土的气息，立刻心旷神怡，心在慢慢下沉，回复到天高水阔的平静之中。

——那是城乡结合部，是忆念乡土和童年的一个索引。

由于城市规划，忽然有一天，推土机、翻斗车轰隆隆开进玉米地，彻地连天的玉米应声倒下，倒在绵延的河滩上，一场大面积的"屠杀"不可避免……堤坝上，车载筐量还是来不及把玉米尽快运走，有不少干脆堆放在大堤上。时代的进程有谁能够阻拦？抱着猫、逗着狗的散步人看一阵、说一阵、啧啧感叹一阵，又若无其事地离开了。

而我，怅然若失，仍然苦苦怀念那些有玉米相伴的傍晚或黄昏……

晚风中，那棵旷野中的孑树是我吗？不，那样太孤单，还是做一株群居的玉米吧。它们一波连着一波，一直通往十几里之外的河闸。天光大好的时候，河闸的倒影映在水面上，银灰、白色、绿色、间或五彩的野花，一幅多么素淡养心的图画。淡腥、静默的河水中，时常有三、五渔舟浅浅地泊着。船头的桅杆上，斜斜地晒着散乱的渔网和红、绿衣裤。仔细看船的周围，还会发现细的水草和欢的鱼虾。

正看得出神，一条摇着尾巴的小白狗追着一个小男孩冲上堤坝，还没等我反应过来，他们又像忽然出现一样，忽然消失在坝下纵横交错的平房中不知哪一间里面去了，而犬吠之声依然清晰可闻。还有单田芳的评书，从谁家开着的窗子传出来，程咬金哇呀呀的怪叫也能听到。而穿着碎花儿、圆点儿和格子连衣裙的三个小女孩，正坐在堤坝上，穿着塑料凉鞋的三双脚，齐齐地垂在堤坝的斜坡上。她们一边吃着烤玉米，一边说着、笑着……那其中，有没有我？

走累了，随便哪儿都可以席地而坐，望望淡蓝的天幕，看看养眼的玉米，似有岁月慢慢返回、有力量重回体内……然后，起身，重新融入喧哗、炫目的万家灯火……

护城河静静地流淌着，像个宠辱不惊的老人，无言地注视着一切、容纳着一切。而每晚正点通过的南下列车，轰鸣着穿过河上的铁路桥，把曾经美好的光阴匆匆带走……那丝丝隐痛如我内心浅浅的暗伤，在"阴天""下雨"的时候，总是不由自主地"折磨"着我——但我喜欢这样的"折磨"。我知道，它们没有走远，一直都睡在我的心里，一直都在。

【分镜头】

1.东北人家的院落里有两种颜色最抢眼：一是房檐下悬着的串串辣椒，火辣，劲爆，像北方女人的性格；二是围栏里的玉米。粗大的木棒随意围成四角围栏，恰好拦住横七竖八的玉米棒子。这时的玉米像粗手大脚的婚后女人——指望她，又拿她不太用心。而到寒冬腊月，它们才是被宠幸的：风干后，放在烧得很旺的火盆里；也可以一粒粒放在锅里爆炒。当零食，打牙祭。

卖了玉米，乡村便活跃起来：还饥荒、买大件、置家产，最热闹的要数娶新媳妇了。姐姐出生在放公粮的日期后没几天，就少得了几麻袋玉米，这让爷爷愤愤不平，"才几天呵，就少收了三五斗。"那愤怒，无异于丢了一迭嘎嘎响的大票。那一年，姐姐成了没口粮的"黑人"，爷爷的脸也"阴"了一年。

各家的门前堆起了玉米垛，晃悠悠的，要供一冬一春的烟火用。谁家的垛高，谁就是过日子的好把式。路过的人会从那垛的高矮上做出判断，啧啧地赞叹或挖苦一番。垛高而多的主人，打着饱嗝、叼着旱烟有意无意地从玉米垛前经过，胸脯梗梗着，脖子拔拔着，有些趾高气扬的意思。不过，民间有了私仇，倒霉的也是那些玉米垛，一

范宏亚作品

根火柴轻巧引燃弥天大火,受了难的一家人就只能生活在咬牙切齿当中了:一少半是因为寒冷,一多半是因为仇恨。

2.玉、米。圆润、微温的两个字,并肩站在一起,嗫着嘴轻轻地念出,像说小门小户小家碧玉似的谁家女儿,绝非盛宴上的"大家闺秀"。它们随处可见,又缺稀不得。她们脸上会有北风吹出来的"东北"红,在脸蛋儿的正中,高突的颧骨上,也许还会蔓延至两颊;她们的头发是焦躁的,毛毛草草梳拢不顺的那种,编着两条猫尾巴似的细辫子;她们的碎花儿小袄肥肥大大,在瘦小的身体上晃来晃去。

可是嫁了人了,情形就完全不同了。她们多半便成了大家族中当然的女主人。她们扭着肥硕的臀走路,炕上、地里手脚麻利,旋风一般,不知道转眼之间将会刮到哪儿去。她们生孩子和种玉米的成绩同样优异,过不了几年,瞧瞧吧,脚上绊的、手里牵的、背上伏的,全是复制出来的"小玉米"。她们因此一改做姑娘时的矜持、羞涩,而变得响、脆、嘹亮,也许刚刚还在院子里"霹雷闪电狂风暴雨"地打鸡骂狗,转瞬就在玉米地里笑声朗朗了。

而那些性格像玉米粒子似的噼里啪啦的女子,若摊上不开明的父母,或不甘生活的屈辱又逃不出乡土,传些风流韵事、殉情之事,多数也在玉米地里。玉米地俨然是乡村的戏台,无数悲欣交集、生离死别的"戏"都在那里上演。依稀记得,村上的两个青年苦苦相恋,却碍于两家经年的积怨无法修成"正果",便于深夜双双出逃,却被族人们举着火把,抢着耙子、镐头捉回来狠狠"教训"一顿。可结果是,两人连眼皮儿都没眨,毅然选择了下策——像喝喜酒一样喝了乐果(一种农药)……不知过了多久,当人们循着尸腐的气味找到他们时,所有人无不震惊:只见一片除掉玉米的开阔地上铺陈着玉米秸,两人紧紧抱在一起,像天生就长在一起的两个生瓜,怎么也掰不开。他们的四周散着细细碎碎的花红纸屑,女子的头上盖着一条金银丝线的红纱巾。而那时,女子的肚子里,还有一条同去的扼然中止的新鲜生命……

1973 年的两个日子

赵荔红
现居上海,供职上海人民出版社。

端午

一九七三年农历五月初五。子夜,月亮上捣药的兔子瞌睡了眼,迷瞪瞪倾覆了药臼,药草遍撒下尘。于是这一天,人间百草都香。贫穷的,富裕的,勇力的,怯懦的,革命的,"反革命"的,高大的,卑微的,全都沐浴芳香。

25 岁的阿顺治(我的母亲)穿着家常蓝布小花衬衫开门出来,尖顶箬笠下的小脸黑红鲜嫩。她抄把镰刀就上山。山道露水湿重,她扭摆着腰肢避开浓绿深邃的杂草,还是将裤腿打湿。年轻的阿顺治并不在意这些,她步履轻快,纤瘦而健康,芳香的山中气息,引诱她放声歌唱。她孤单,却不知畏惧,充满喜悦地将一条长辫左右甩摆。新鲜的阳光爬上屋瓦时,阿顺治扛着一捆高过人头的香草,扔在水池边。那些是:柔软无心却要扮作辟邪剑的菖蒲,嫩嫩的绿脸端着却将白发藏起来的艾蒿,这两样是预备来插在门上,辟邪用的;还有翠绿的竹叶,果子尚青的大张的枇杷叶,蚕儿未啃过的桑叶，花都谢了的嫩嫩的孤寂的桃叶，春茶采尽后暗绿的老茶叶，与大地缠绵的野花生藤，新鲜瘦细微微青黄的金银花，拿来包粽子的箬竹叶，还有，能将蛋染黄的蛋草……

阿顺治麻利地将香草叶洗净，放入大锅，加满水，添上满灶柴火，大火烧开，又在香草叶间小心排放着埋下十来个生鸡蛋。水烧开了，舀出橙黄透明、香气扑鼻的草药水，倒在松木大盆，这时候，阳光洒满房前露地，寒雾散尽，气温回升了。阿顺治撩起蚊帐，将两个小女儿捞起，一边一个夹抱出来。两个小人兀自睡眼惺忪，就被妈妈剥掉衣服，浸在香水里。4岁的女孩(我)在水里缓慢醒来，东倒西歪，咧嘴傻笑；6岁的姐姐很乖地坐在盆里，自己撩水玩。洗好，从水里捞出，擦干，新生儿一般，干干净净。阿顺治淌着汗，脸蛋红扑扑，变戏法般拿出一套崭新的连衣裙，先给小姐姐穿好，妹妹还包着毛巾横在腿上。早几天夜里，阿顺治已用丝线结好了几个彩色网兜，大的能塞进煮熟的、被草药水染黄的鸡蛋，小的装樟脑丸。小姐姐穿着花衣站在地上，阿顺治就将塞好东西的网兜丁丁当当挂在她的纽扣上，或套进脖子垂在胸前，说："要慢慢吃啊，才是乖孩子。"

阿顺治给小女儿也穿好衣服，扛着她，走进走出，在门上插好菖蒲艾草，用毛笔粘了粘雄黄，点在女儿的额头上，又在两个孩子的肚脐眼、耳朵后、脖子那都抹上雄黄。阿顺治又调好雄黄酒，背着小女儿将酒洒在房前屋后，水沟里，壁橱角落，水缸旁……蛇不喜欢雄黄酒，小女儿似也不喜欢，她趴在阿顺治背上，皱着眉头，扁了扁嘴，终于没哭。

这时候才刚早上10点。顺明奶奶的声音远远从公路传来，阿顺治走到门口张望，见她已扭着小脚、摇摇摆摆爬上了台阶，一如往年，她拎来一大串新包的粽子，阿顺治也早预备好回赠的鸡蛋了。这时候，金莲妈，爱素妈，陈明妈，也都洗好了孩子，将香香的剩水泼到水沟，宿舍区连同屋瓦都浸没在草叶香氛中。新鲜的香喷喷的孩童前后左右乱窜，身上的樟脑丸和黄鸡蛋叮叮当当晃荡。母亲们倚门闲聊，等着中午太阳再猛一些，便将压在箱里一冬的、吸了春天潮气的并不多也不贵重的衣裳，全搬到太阳下晒。在这个日子，曾经有个叫屈原的人含恨投江，传说里的悲怆早被母亲们

范宏亚作品

化作日常生活的喜悦，这一天不作为诗人死去的日子存在，而仅仅是，除旧布新，阴气消淡、阳气回升，是孩子们穿新衣的芳香的一天。

卖花姑娘

太阳高悬头顶，白刺喇喇地晃眼。一丝风也没。蝉在枝头叫个不休。热气烘烘地从田间升腾着。夏日山里，每天下午总要下场暴雨，其实热汗也早湿透了衣衫，男人索性光了油黑膀子，或只穿件印有"建设兵团"的红白背心，女人透湿的罩衫裹出一团颤颤的大奶，甚至见得黑黑突起的奶头。远处嗡嗡嗡是双人脚踏打谷机，几个工人轮番递送新割的稻子，身子起起伏伏，两个工人躬着古铜色赤裸上身，一脚立在稻田一脚用力踩着脚踏板，一边接过稻捆就着滚筒上的 U 型铁丝，翻动着，谷粒纷纷扬扬从稻穗下脱落，顺另一边的木敞口流出，倾滑在张开的麻布袋里。这边，年轻人排成蛇般弯曲的一条线，在滚滚汹涌的金黄稻田中弯腰埋首推进——身后堆放着新割下的稻子——稻草茬子张着新鲜撕裂尚带香气的伤口。1973 年 7 月 15 日，繁忙的早稻"双抢"日，等待收割的成熟稻田里却传递着一份燥热的、因为克制的激动而悄然涌动的不安。

14 点 15 分，食堂老王的馒头担子准时出现在公路边大榕树下，年轻人却没有如往日哨子一响就蜂拥过去。三三两两依旧弯身在田里——休息时间里他就能赶上前头伙伴，尽早完成今天的工作量。吃完点心，田间的年轻人终于唧唧喳喳议论起来，好奇、兴奋随着太阳偏西而紧迫和热烈起来——今天有重大节目：朝鲜电影《卖花姑娘》在邵武市公演（该片 1972 年起上映），这可是我们友好邻邦的金日成主席亲自写的剧本，这可是难得看到的进口片，平日里看的都是国产片，与《南征北战》《地道战》《英雄儿女》《闪闪的红星》等比，会有怎样的不同？

16 点 30 分，之前一声不吭阴沉着脸的队长终于宣布提早收工。红光作业区的二十来个年轻人捅了巢穴般从田间急吼吼蜂拥回宿舍。男人在自来水笼头那大咧咧脱得只剩裤头洗澡洗头，女人则打水回房。阿顺治擦好身子，不照镜子双手翻飞编好

自家食粮

头发,穿上唯一一件没有补丁的的确良白底小蓝碎花短袖衬衫,圆小翻领还缀着白色蕾丝花边,深蓝哗叽长裤过于肥大,毕竟是半新的。姑娘们嬉笑着出门时,公路上已经歪歪扭扭散站着十来个男青年,衬衫口袋时髦地别上毛主席像章,斜背一个印有"福建邵武煤矿建设兵团"红字的军布包……

一群人闹嚷嚷地、斜穿上红光区山坡翻到朝阳领,再翻过朝阳山,下到晒口,沿晒口溪岸一路走到邵武市,大概三十公里路,历时四五个小时。《卖花姑娘》24 小时轮映,他们刚好错过晚八点的,就等十点那场。有的人看完前一场就又坐在电影院再看下一场。阿顺治听说这个电影很苦,看的人都会哭,早准备好了手帕子。果真,前一场出来的人,个个红着眼睛。那一夜,阿顺治和她的伙伴放声饱哭:一开始只是小声啜泣,左右前后都在啜泣,啜泣声如花粉飞扬而打喷嚏一般,像流行病毒传染一般,很快,整个黑暗的电影院,陷落在汪洋的哭声中,泪水河流滚滚向前,席卷了一切。甚至男人们也嚎出声,有的女人哭得缓不过来、不得不走到电影院门口透气。电影里的花妮姐妹真的太苦了太苦了。是她太苦了,还是他们都太苦了?号啕大哭与其说是感同身受,毋宁是乘机发泄——这样的同情的哭泣是正当的、值得赞赏的,是一场安全的集体情感放纵,甚至比亲人死去的哭泣都要安全。电影结束电灯亮起来时,他们害羞地相互偷偷瞧着彼此红肿的眼睛,男人们装模作样大声嚷嚷地推搡着、掩饰着,女人们则心满意足地依旧用手绢捂着眼睛。的确,在哭声中他们得到了大胆的、彻底的放纵。于是,他们无一例外轻松地走出电影院。回家路上,几乎是欢快地唱起了《卖花姑娘》里的主题歌:卖花来呦,卖花来呦,朵朵红花多鲜艳,花儿多香,花儿多鲜,美丽的花儿红艳艳,卖了花儿,来呦,来呦,治好生病的好妈妈。卖花来呦,卖花来呦,朵朵鲜花红艳艳,从小河边摘来了粉红色的八仙花,从山坡上采来了美丽的金达莱。卖花来呦,卖花来呦,快快来买这束花,让这鲜花和那春光洒满痛苦的胸怀。

回去摸黑翻山,人多,倒也不怕。只是一场大雨,将大家淋了个透,虽是仲夏,深夜山中,不免也寒津津的。这样走到农场宿舍,已是凌晨四点多。却了无睡意,就有人露地点起一堆火,阿顺治和姑娘们解开湿了的辫子,就着火烤起来……

米

周东坡
编辑,现居西安。

事件发生在初冬的一个早晨。

那天一如往常的平静,周老栓蹲在院子里,手上端着一碗热气腾腾的面糊糊。那碗面糊糊可真够稀薄的,几片菜叶都漂浮了起来,伴随着他一次次的嘴部动作,发出吸溜吸溜的噪音。

周老栓吃得很香甜。

太阳才从山坳里升上半山腰,而阳光已经无遮无拦地闯进山村,像入冬以来的每个早晨一样,山村炊烟缭绕,家家户户响彻吃早饭的吸溜声,此起彼伏,交相辉映。

一入冬歇期,人们就懒散下来,不用再出劳力,每天只吃两顿饭,而且尽是汤汤水水,将就着对付肠胃,因此肚子里总聚着一团气,上下串行,一旦放出来也是虚弱的。

周老栓喝完最后一口汤水,伸出粗短的手指在碗里来回划动,然后把沾了面糊糊的手指含在嘴里,发出心满意足的吧唧吧唧声。

新一天从早饭开始了，虽然他不知道这一天与昨天、前天、大前天有什么不同，但日子都是这么过来的，因此他的内心充满了丝丝平和与期待。

然而，他的好心情并没有保持太久，银虎带着一身风声撞开栅栏门跑进院子，气急败坏地对他说："爹，金虎出事啦。"

米

金虎叫派出所拿住了。

事情经过大致是这样的：一天早上，天蒙蒙亮，光棍汉周大牙急火火跑到乡派出所报案，说他前些天刚捣腾来的一袋大米叫人偷了。哈欠连天的陈所长一看是他就倒胃，三十大几的人整天东游西荡，混吃混喝，手脚又不干净，弄得人见人嫌，但听他说丢了粮食，还是认真起来。这年景不好，粮食都成了稀罕物，更何况还是硬实实的大米。乡派出所一年到头难得碰上一件案子，没有案子也就没有成绩可言，因此他上了心。在我们这个小地方，家长里短都是公开的，很快案子就有了眉目，有人说前些天看到出远门的金虎背了一口袋什么东西回了家，很可疑。那天夜里，全村的狗整整叫了一夜，搅得人心惶惶，后来听说是派出所几个人把金虎堵在家，而且果然从大衣柜角落里搜出一袋子大米，证据确凿，于是一绳子把金虎绑走了。

周老栓眯着一双迷糊眼，他还没有从美好的感觉中回过味来："你哥不是去新疆了吗？不会是派出所搞错了吧？"

银虎粗声粗气地回答："我也奇怪，他这才走多长光景，什么时候又回来啦？今天一大早我跑到派出所，一问果然是金虎，错不了。"

周老栓立马脸上变了颜色，嘴唇一阵哆嗦，呜哩哇啦不知嘟囔着什么。

周老栓五个儿子，金银铜铁锡，五只老虎。那年头粮食不够吃，他家里养着这几个吃货，常常顾了这顿顾不了下顿，因此每年入秋前就把老大金虎打发到新疆去，一是家里少一张嘴，二是还可以多少挣几个。后来，金虎成了家单过，每年也总要出去一趟。

普通人总是最经不得事的，周老栓愣怔半晌，忽然趔趄着走进柴房，东翻翻西找找，从柴堆里抽出一条麻绳，比划比划，然后密密扎扎缠在油渍斑斑的黑棉袄上。

银虎摸不着头脑，问他："爹，你要做啥？"

"给金虎去收尸。"周老栓头也不抬地往外走。

等三爷赶到派出所，门口已经围了一堆瞧热闹的汉子，人闲嘴不闲，七嘴八舌，一个个都是一副恨不得出事的嘴脸。

派出所院子里很安静，周老栓闷声不响地蹲坐在柿子树下。那棵柿子树的叶子已经快掉光了，剩下不多的几片叶子沾染上阳光，越发红的耀眼。

三爷心里一阵惶惶，走到他身边，蹲下，叹口气道："老哥，你这是干啥咧？"

周老栓抬起那张皱巴巴的脸，一副哭相："我丢先人咧。"又说，"让他们判吧，判了金虎我就在这棵柿子树上吊死。"

三爷皱了皱眉，想想，直起身，向所长办公室走去。

陈所长正跷着脚打瞌睡，他显然没想到会有人闯进来，心情不爽想训斥，睁开眼一看是三爷，生生把一句粗话咽回肚子，起身忙不迭让坐。

三爷却没有领他的情，三爷黑着脸问他："事情弄清楚啦？是金虎做下的？"

陈所长尴尬地笑了笑，回答道："还没有，那个犟头金虎只说不是他做下的，却不肯说他那一袋子米是从什么地方弄来的。"

"这就是了，"三爷说，"金虎是个勤快人，做不下那种偷鸡摸狗的事。我就奇怪了，那个周大牙倒有大米吃，你就没问问他？"

陈所长一笑："人家是原告……"

三爷白了他一眼，说道："我去找金虎问问。"

我始终记得柿子树下的一幕场景，直到今天，它还是那么尖锐地刺痛着我的记忆。

事情很快就弄清楚了，原来，金虎在新疆给人干了十几天零工，工钱折了一袋大米，他顾着家里断炊，再没敢多待就急急忙忙赶回来。他心里藏着小九九，怕人知道，

范宏亚作品

却不知越怕鬼越撞上鬼,竟然让周大牙盯上了,于是弄出这么一出风波。

周老栓没想到是这么个起因,一时间愣愣的,说不出话来,只一个劲往外冒老泪。其实,自打金虎成家以后,他就觉得金虎的心有些偏了,可他又不便说,毕竟金虎家里也张着几张嗷嗷叫的嘴呀。

"爹,我不是人,"七尺高的汉子跪在周老栓身前,声嘶力竭的哭声揪得人心酸,"我的心让大粪糊了,我不孝啊。"

银虎却不理会,鼻子里哼哼几声:"瞧你不出啊,心里竟想着吃独食,连老爹老娘和兄弟都不顾了。"

"你住嘴!"周老栓恶狠狠剜了一眼银虎。

银虎浑身打了个激灵,他从来没有领受过老爷子这么大的气性,嘴张了几张,还是乖乖地闭住了。

周老栓抹了一把脸,颤巍巍起身,把金虎从地上扶起来:"不说了,不说了,我们回家去。"

事件终于结束,来也匆匆,去也匆匆,仿佛一口池塘泛起几波涟漪后又恢复了平静。不应该指责涟漪,涟漪一晃,我们才更真切地看到底层的生活,生活里锅碗瓢盆的细枝末节。

庆幸的是,我身在其间,除了经历吃喝与睡眠,还有空闲从大地上学习思考。

谚世界

张生全
现居四川眉山,供职眉山市政协。

螳臂挡车

释义:自不量力。指对自己力量估计不足,招致失败。

【事件】:螳螂在稻叶上飞舞。螳螂展开翅膀,像一卷小小的螺旋桨。稻叶柔顺地俯仰,配合着螳螂的起落。

螳螂似乎过于兴奋,一不留神,便滑落在了稻田旁边的大公路上。这是一条笔直宽阔的路,沥青的路面泛着漆黑耀眼的光芒。落在路上的螳螂后腿一蹬飞起来,但是它连飞了几次,仍然还在路上。螳螂飞不动了,软软地趴在路中央。只一会儿,它又高高举起带锯齿的大螯,昂起蛇头一样的三角形脑袋,叉开翅膀,尖尖的腹部直直地翘起来,整个身体躬成一个狰狞的僵硬的弧形。

螳螂的这副模样把蹲在田埂上的田七爷逗笑了,他一时想到一句老辈人传下的话:

螳臂挡车,自不量力。这么想着,真有一辆车从远方疾驰而来。那是一辆大卡车,载着堆积如山的鹅卵石,喇叭摁得地震一样,连地皮都在抖动。田七爷忍不住为公路上的螳螂着急起来,可螳螂似乎并没有预料到即将到来的危险,庞大的车身、飞驰的速度以及震耳欲聋的喇叭声都好像没有被它放在眼里,它反而翘起身子,往更中央的地方爬了几步,还戏耍似的用前臂搓了搓三角形的脑袋,把脑袋拨成一只灵活的拨浪鼓。

卡车已经越驰越近,很快就要驰到眼前。田七爷忽然有一个冲动,他想找根竹竿拨一下那只自不量力的螳螂,免得它丧身车轮之下;又期望那司机能看到那身处险境的螳螂,绕一个小小的圈,绕过去;或者他给司机招招手,提醒司机注意。但是一切都没有发生,一瞬间卡车就驰过来了,像一道灰白的光。

路上的螳螂不知到哪里去了。田七爷睁大眼睛四处搜索,他在路上找到了好些螳螂尸体的残渣,但显然不是那只螳螂的。因为这些残渣只是些干燥的薄薄的碎片。如果是那只螳螂的,它至少留下一滩浆液。可什么也没有,公路上泛起的强烈的漆黑的光芒让田七爷的头一阵阵发晕。他摇摇头,回到田边,重新蹲到田埂上。

这几天,田七爷一直在他的稻田旁转来转去。正是水稻扬花的时候,密匝肥厚的稻叶间,浅绿嫩黄的谷壳像雏鸟张大的嘴,露出一小粒漆黑的芽羽和几星粉白的蕊。稻花的香气四处漫溢着,香油膏一样,浓得都化不开了。田七爷时不时吸溜一下鼻子,他整天都有些醉醺醺的感觉。

但是沉醉的田七爷又有些绝望。他不知道这样的稻花香他还能闻多久,这一片稻田很快就要被开发商占去。政府已经向他发来通知,告诉他有开发商已经看中了他的稻田,他必须在半个月内搬迁。半个月?半个月他的水稻还在扬花呢,这一片稻子不就收不成了!这已经是宽限时间了,开发商要的是一周,我们已经再宽限一周了!政府不耐烦地说,收不成就收不成吧,你那点水稻值几个钱?赔你就是了!我给你讲,要搞砸了这个项目,项目一年挣的钱,你种水稻三千年还挣不起来!还说啥稻子啊,别丢人现眼了!

田七爷又想起那些螳螂。自从稻田旁边修起这条大公路后,就经常有螳螂飞到路上,被南来北往的车碾成齑粉。田七爷不知道螳螂们为什么总爱往公路上飞?难道真是在稻叶上飞得忘乎所以,不小心掉落的? 螳螂飞到公路上后,他看到过好多次,每次它们都要做出那副张牙舞爪的样子,难道它们真要去挡车?

公路上那片漆黑的光芒又朝田七爷泼过来。那是一种热腾腾的光,就像生铁片上冒起的那种热气一样。粘在眼睛上,如同粘了一块牛皮糖,怎么甩头也甩不掉,睁眼闭眼都是一片茫茫的灰白。田七爷恍惚间觉得他变成了一只螳螂,也飞落到大公路上。他举头一望,周围是一片无边无际的旷野,旷野里什么也没有,入眼全是一派茫茫的白,就像身在雪原一样。怎么可能什么也没有呢? 田七爷有些奇怪了,路上应该满是车辆呀,南来北往的呼啸而来,呼啸而去,随时都有被压成齑粉的危险。可田七爷把头转来转去,转得像拨浪鼓一样,还是什么也看不见,什么也听不见,就像在沙漠里一样。一种无边的恐惧向田七爷袭来,他高高举起双手,耸起屁股,想要抓住什么。可是有什么给他抓的呢?

螳臂挡车! 忽然一丝冷飕飕的声音传来,这声音仿佛来自天际,像从云缝间挤下来一样。是谁在冷笑? 谁在冷笑? 他大叫一声,终于从梦中挣了出来。他发现眼前站着一个政府官员,就是前几天告诉他有开发商看中了他稻田的人。那政府官员笑眯眯地问他,田七爷,你考虑好了吗?

癞蛤蟆挨一鹅卵石

释义:挺住一股劲。指受到打击后,明知不行也要坚持。

【事件】:强子一翻身,忽然感到身下压着个软软的东西,像是个钱包。他赶紧翻起来,却原来是只癞蛤蟆。强子脸上有些发麻。小时候在乡下,他经常割猪草,手伸向一片茂盛的草丛,一不小心就捞到个软软的东西。癞蛤蟆从隐晦的地方钻出来,又开四肢拱起身子奋力往前爬。不过,癞蛤蟆的爬行速度显然太慢,不管它费多大劲,似乎都只在原地打转。一个小土堆的阻碍也能掀它个四脚朝天。遇上坎子,它会土坷垃一般翻滚下去。

那时候，强子总会赶紧到处找石头。他听大人讲过，癞蛤蟆有毒，要是被癞蛤蟆碰着了，是会中毒的。而解毒的唯一办法就是砸破癞蛤蟆身上的毒瘤，砸出乳白的浆来，涂在蛤蟆碰过的地方。强子已经很多次碰着癞蛤蟆了，而且每次都砸出了那乳白的浆，不过，他一次也没胆子蘸白浆涂手上。结果，他竟然也没有中毒。

没中毒，仍然要迫不及待捡石头。这似乎成了他的一个条件反射。条件反射这东西很怪，它似乎不由人控制的。读书的时候，有个叫刚子的同学总是欺负他，在他脸上揪一把，啐他一口唾沫，或者伸出脚勾他一个仰趴。最让强子受不了的是，刚子还常常摸到他身后，冷不丁抬起膝头撞他的尾椎骨。那种尖锐而沉闷的麻痛会迅速穿透心脏，直冲脑门。双脚会一瞬间就失了力，身子半蹲不蹲窝下来，模样非常丑陋。通常，刚子会和其他同学一道哈哈大笑起来。

每次遇到刚子他就不由自主地发抖，恐惧伴随他整个学生时代。可是高中毕业后，两个人竟然一起到城里打工，成了很好的朋友。成了朋友后强子问刚子，读书时为什么总欺负他呀？我欺负你吗？刚子大吃一惊，我只是和你玩而已，我喜欢你才和你玩儿呢！

刚子的话让他想起小时候砸癞蛤蟆的事来。是啊，他就是和蛤蟆玩的呀，见到蛤蟆，在恐惧之余他又抑制不住地兴奋。他心里咚咚跳着寻石头，咚咚跳着把石头向癞蛤蟆扔过去。因为手发抖，石头经常砸不中。蛤蟆攀过砸进地里的石头，又继续奋力往前爬。他又咚咚跳着寻石头，又砸。一石头下去，正好中在蛤蟆背中心了。地有些软，蛤蟆竟被砸进泥土里。但它挣一挣又爬起来，变形的身子渐渐复了原，然后又往前爬去，不过，身子不再拱起来，动作也比以前慢了许多。

在整个石头击打过程中，癞蛤蟆从来没有发出过任何一种声音。它甚至也没有剧烈的抽搐或蠕动身子。石头砸下的一瞬间，它总是紧闭着眼睛，紧咬住嘴唇。安静一会儿后，它再慢慢睁开眼，努力把压在身上的石块挣开，再往前爬。

癞蛤蟆挨一鹅卵石，挺住一股劲。想到这句话时强子更加兴奋了，砸得更起劲了。我看你能挺多久！看你能挺多久！但是癞蛤蟆总是能够再次挺过来，它甚至也很

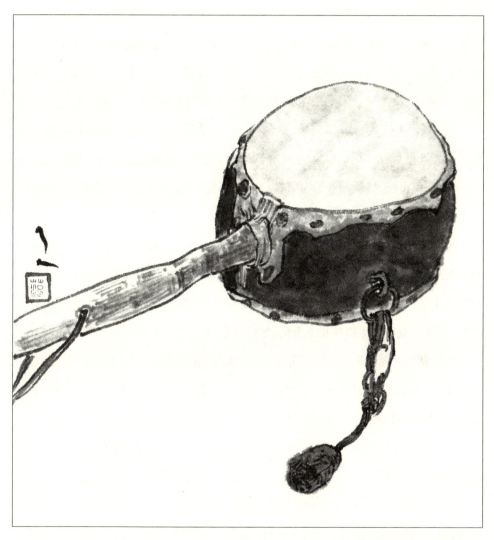

范宏亚作品

少出血。有时候满背都砸满了白浆，也没见一滴血迹。癞蛤蟆有九条命。这也是老辈人传下来的一句话。

不过这次，强子没有捡石头，他寻来一根棍子，把癞蛤蟆轻轻拨了出去。天要下雨了，癞蛤蟆没处躲藏，就一拨拨往屋里涌。强子捡来一些废砖头，把帐篷的边沿紧紧压住。他已经在这个废旧的工地上住了一个多月了。最初刚子他们也和他住在这里，但是没住上几天，就受不住了。刚子叹口气说，就算种了一季玉米，扬花时遇到大风，玉米被天收去了！我想家了！再这样等下去我会疯的！

强子什么也没说，他一个人留了下来。白天，他就去工厂，候在大门口。晚上，就回这个帐篷里窝着。饿了，就去苍蝇馆子胡乱吃碗面。但是后来，连吃面的钱也不够了，他就去菜市场，捡烂菜叶，或扒垃圾桶，掏剩东西吃。他认准了一件事，无论如何，都要把工钱要到手！

工厂已经不想和他多话了，每次都通知政府来领人。政府官员一次次把他带回去，做思想工作。你去闹啥呀闹！你这几千块钱算什么！人家这是大项目，每年产值就有几十亿，还会差你那点渣渣钱！你再在这儿闹，破坏了投资软环境，老板撤资不投了，让这个城市每年损失几十个亿，你赔得起吗？

政府官员见强子紧闭着嘴不开窍，又说软话，给你说明白了，人家是资金周转有些迟滞，一缓过来就给你！你还是回去吧，别在这儿耗着了，有这耗的时间，你去别处打工，差不多又能再挣几千块钱了！

强子从政府出来，他还到工厂门口候着。他认准了一件事，无论如何，这次一定要把工钱要到手！

癞蛤蟆又爬了进来，还有一个小缝没堵住，它是从那小缝挤进来的。这一次，强子没再把它拨出去。他埋下头，大鼓着眼睛盯着癞蛤蟆，癞蛤蟆也大鼓着眼睛盯着他。他在癞蛤蟆的眼里找到了自己的影子。

少年魇

肖欣楠
原籍河北,现居江苏昆山。

一

　　我现在的记忆已十分模糊。真的,我真的只有一个模糊的记忆。

　　少年的恐惧是持久而强烈的。在一个暴躁而喜怒无常的父亲面前,童年的我极其恐惧,我时常有让自己小下去小下去……直至消失得无影无踪的感觉。比如你现在面对一个暴跳如雷的人,你可能会发出一阵冷笑。可是在记忆中,那个强大的权威,在你面前挥动着拳头,突然出现在脸上的愤怒,咬牙切齿地冲过来,对于一个孩子,那种恐惧到极点的感觉,是深深印在孩子的心里。这是极其有害的。孩子不知道自己究竟做错了什么。他的一双眼睛警觉而恐惧。对于过年,少年想叫它来而又巴不得它快些过去。因为初一的日子就要好过得多。必须挨过二十九、三十。其实从古历二十的时候,空气就已经紧张了起来。不过是蒸包子、买年货。蒸包子,少年还是乐意的。蒸包子总是在饭店,有时在工厂的食堂。几十家子在那里蒸。每家的馅子上贴着纸条，多少多少号。蒸包子是要通宵的。排到哪家，哪家必须有人出来。因此我的任务多是在那里等着。这样躲避在外面，又体面又心安理得。有时上半夜有时下半夜，这就要看运气了。包子分肉包子和豆沙两种。一家大约要蒸几百个。第一笼出来，拾到一个专用的茳草席子慢慢冷却，否则便会粘在一起。第一笼是可以尽情去吃的。那种刚出笼的热包子是童年里最好吃的东西。第一个几乎是吞咽下去，第二个才慢慢品出滋味。过年的包子真是暄软无比。那面暄软得仿佛透明的绸缎，那热豆沙的馅，流了一嘴。这样一气吃上它六七个，肚子饱饱圆圆，心才算安稳。

可是这种快乐是短暂的，紧接着是家里的卫生扫除，擦窗子的玻璃，打扫庭院，贴春联……母亲忙着厨房里的事情，父亲张罗着厅堂。我这时惊悚而又无处可逃。

比如早晨，我听到外面的响动，便睁开眼挨在被窝里，可是这样的等待终是短暂的。没有弟兄，只有我一个。两个大人联合起来对付你。母亲总是恐吓。母亲走进来说，赶紧起来，你爸爸要发火了。母亲仿佛总是左右为难的样子。可是她并不真正站在我这一边。不知是有什么难言之隐，还是她也在巨大的权威之下。

我走出屋，见年也在巨大的冬日的阴霾之中。童年中，每到春节那几天，天便开始焐雪。早晨像黄昏，阴沉沉的。天是见不到的。终日就是那种要飘雨又没有雨的德性。空气中是有水分的，湿湿的。在院子里忙上一会，衣服便阴冷得湿乎乎的。这时实际上是整个家也湿乎乎的了。父亲已将几间屋子用水泼过，地上到处都是清水。我始终弄不明白，一到过年，他就要将地洗得精湿，把家里弄得像个冰窟。这是一种什么仪式？也许是爷爷辈传下来的，爷爷死得早，我实在是没有什么印象，只记得是留着很长的胡子。对奶奶也是没有印象的。只记得奶奶的隆重的丧事和她整日穿着的肥厚的黑色的棉袄。莫言说过，你记得你祖父的名字，可是你能说出你曾祖父的名字么？这个孩子，不但说不出名字，连长相也说不出的。这个父亲究竟在他的父亲那里继承了什么？把一屋子都泼上清水，难道也是一种祭祀？

父亲见少年出来，便责令他去擦窗子。少年于是像猫一样轻手轻脚爬上凳子，贴着那一年下来的玻璃，用抹布和旧报纸去做那功课。冰冷的抹布和冰冷的玻璃，很快便将少年的手弄得通红。最要命的是，在他的背后还有一双时刻注视的眼睛，那双眼睛随时都可能爆发,爆发出雷霆般的吼声。冲突总是要爆发的。只是不知道会在什么样的细节和时刻。也许在什么地方动作慢了,也许是对联不小心贴歪了。爆发不在少年,而在这个父亲本身。他肯定有什么地方不痛快。他肯定内部有什么很大的压力。这个从乡下走到城里,在几十年运动中被拨弄过的男人,在外面虽是体面上的人,可是内心一定有强大的压力。他不怒吼一下不足以发泄。

好,开始吧。少年先听到背后一声巨响,是水桶踢翻的声音。桶里的污水流了一地。之后是狂吼:"弄得什么东西?!"

究竟是什么东西呢?可是这个父亲已目眦筋裂,他跺着脚,在院子里狂吼:"你妈的!"要么就冲过来,一副要打的样子,少年于是缩成一团,紧绷着神经,等待着。有时不知什么地方会被猛烈地捶一下,之后便是一阵剧烈的疼痛;或者并没有,只是吓得失了禁。那个手那个脚在空中,突然停住了。

母亲并不能帮助什么。她会小声说:"又犯神经病,吵,吵,吵什么东西!"

那个父亲于是就回到房间,跷起腿抽烟,他一声不语,一声不吭,抽烟,抽烟,一地的烟头。他拼命地吸着,仿佛要把什么不幸和苦涩吸进去……

黄昏慢慢降临了。三十的晚上了。年还得要过下去,一切恢复了正常。过了三十,就是初一,日子还得要过。这样一个年也就过去了。

少年长了一岁。

二

少年的恐惧是彻骨而具体的。上文中说过,奶奶的丧事隆重而又体面。奶奶不是一下子就死的,她死了好几天都没死掉。先是上了草铺,以为死了,可几天下来却能喝一点稀粥。我每天眼睁睁地等着她死,我实在是恐惧,奶奶那蜡黄的脸,没有牙的空洞的嘴,都使我感到她是死过了的人。我敢肯定,不是我一个人想她快死,那些大人们,包括她的那七八个女儿,她们家里都还有自己的事,她们想赶紧处理完了好各自回家,自己的儿孙还等着使唤她呢。我也看出父亲也巴不得她早死早好。父亲县里还有好多事情,他那熬得血红的眼睛在阴暗的草屋里发着蓝光,他狂躁得像个狮子。我的母亲已吓得几天没有说话了,她一说话我的父亲就狂吼。母亲说:这油灯的灯头要打小一点,这样得烧多少油……

父亲吼道:"油……你不去死……"

母亲立马噤住,不再吱声。

母亲说:"菜的叶子少掐一点,你看……这都是青的……"母亲将老姑姑掐丢了的黄菜叶又捡回到篮子里。

父亲又吼道:"你妈×的,菜……你不去死……"

母亲不说话了。几天不说话了。

奶奶死的日子天上天天在下着小雨。下了好像很久很久了。那雨就这么下着,不急不躁,像面粉一样下下来。我家院子除了屋里到院门之间铺一溜砖头之外,其他都是烂泥。那些烂泥已被人踩得不成样子了。

父亲终于被小雨弄得爆发了。那天晚上,他在一顿狂吼之后,将屋后草堆的稻草拔下来,抱到院子里,在地上撒,之后穿着鞋,将那些稻草踩到烂泥里。他为什么要将稻草踩到烂泥里去呢?父亲的身上被小雨淋湿了,他满脸雨水,可他那愤怒的样子,脸上仿佛着了火,他像一头被困了很久的野牛,在那些烂泥地上转圈,将稻草死死踩进烂泥里。谁也不敢去拦他。还是我的会做阴阳的小姑父走过去,一把拽了他,既恨又爱地训他:"舅太爷……你这是干什么!"

父亲无奈地垂下头,跟小姑父走回屋里。

日子漫长而无奈,于是晚上上灯的时间便更长,奶奶在油灯下出着气,连续的小雨将空气弄得湿冷,一时有小风吹进堂屋,将那如豆的油灯吹得东摇西晃,奶奶的影子就在堂屋里的墙上巨大地晃动,有时看起来像个兔子,有时又像一个风筝,有时像鬼一样摇来摇去的,仿佛要抓住一个替死鬼带走。这时的我裤子就有点湿,可是我不说,我一说,我的父亲会睁着血红的眼瞪我,把我弄得也像一个飘摇的鬼,在墙上涂出巨大的可怕的影子。这样的恐惧使我变得尿特别多,到我十几岁了,我仍然尿不

范宏亚作品

尽。一紧张,裤子就有些紧,之后就湿湿的很难受了。

我的奶奶终于死了。我是在西厢屋迷迷糊糊快睡着时,听到堂屋里一阵紧促的声音:"快了……快了……快了……快了……"

那些声音中有我七八个姑姑的,有我母亲的,也有在我家帮忙的村里人的,他们的声音中夹杂着热切,也似乎有那么点兴奋,毕竟等了这么多天了,终于等到了这么一个时刻,这种流露是无奈的,也是可以饶恕的。

"我的妈呀……"我先听到一声像刀在玻璃上划的尖锐的哭声,之后是哭声一片,我那七八个姑姑此起彼伏地吼着丧魂调哭滚到一块,以制造那种悲凉的气氛。

父亲悄悄走出门,在院子里稀烂的泥地上,点着一支烟,他的脚不断地在院子里的稻草上蹭着。他的目光久久地落在堂屋摇晃的油灯上。

丧事就依例农村的一切去办。晚上烧完"库",跨完稻草就已近尾声了。第二天还会有一帮吹手,一帮壮汉七手八脚把棺材抬出去,依例还是要大哭一场的。我那七八个姑姑,主要任务就是负责去哭,来客了要哭,仪式了要哭。他们拳头大的脸,一起努力去哭,气氛还是相当不错的。那些皱纹显得错落有致,组成的图案抽象而又神秘。那是鬼斧神工的图案,是毕加索和凡·高也无地自容的图案。

埋了,丧事就结束了。姑姑们早就心急如焚。她们小声说着话,互相邀着:"什么时候到我那去看看?"

"有工夫工夫。"

于是都整理好自己的包袱,有的不吃饭,就匆匆赶路走了。

三

姐姐在印象中始终不够明晰,我好像没怎么同她生活过。姐姐从何处来,又将到哪里去?我都不甚了了。姐姐的眼睛鼻子和正常人差不多,只是嘴大,下唇肥厚。

姐姐凭空而来。少年在 10 岁前的记忆似乎不能复原。那是乡下的日子,也就是奶奶办丧事的地方。高邮湖畔的一个村庄,常年阴雨中三间湿湿的土房子,一个土院子,屋后是旺盛的竹园,夏天竹园里阴凉极了。竹园有沟,三面围着,沟里满布红菱。可是这个时候的姐姐的印象全无。姐姐是天上下凡的螺蛳姑娘?

少年的梦魇从姐姐的婚事开始。这时他们已从高邮湖畔的那个村庄来到县城。那种物质匮乏年代的县城阳光明媚,四季分明。夏天河水总是充溢着护城河的堤岸,那高大的木桥的墩柱被银白的水花冲着。墩柱下的河中多有鲇鱼和白鳝,少年同一帮孩子一起,于黄昏下的桥墩中垂钓。妇人们在涮衣,桥上车来人往,一切都是市井中的繁闹。孩子们专注着,不一会便会有一条极大的鲇鱼猛拖鱼钓,孩子一甩,一条大大的鲇鱼随着竹竿的弧度甩上岸来。有时一个孩子的竹竿空中一划,一条白亮的东西在竿头晃动。哈,一条白鳝,于是赶紧甩动渔竿,将白鳝甩入河中。那个年代的县城是不吃白鳝的,人们都说白鳝吃死人的尸体。妇人们并不干扰这些孩子,桥上的行人们也只管自顾自地急走。

黄昏降临。孩子们看不到竿头的鱼漂。炊烟铺满县城的大街小巷,该回家了。于是少年扛着渔竿和钓上的鲇鱼,回家。

夏天的十字街总是弥漫着一股中药材的气味。十字街的东北角是县药材公司。姐姐已到药材公司上班。她的夏天总是在药材公司的宽大的院子里翻晒药材。院子的水泥地上摆放几十个大篾匾,里面晒着桂枝、苍耳子、牛蒡子、葛根、黄檗、鸡矢藤和金银花。姐姐总是翻着那些大匾。药味一阵一阵弥漫着空气,飘向十字街的每个角落。

我会在最炎热的中午来到这里,看姐姐翻药。有时抓一把桂皮,放在嘴里嚼,喜欢那甘辛的气味。姐姐性情温存,她大声说话。我每次去,她都会大声说:"我弟弟来啦!"

姐姐这时已发育成熟。她穿着白色的确良衬衫,胸口饱满有力,脸上是未婚女人特有的健康和红润。她虽下嘴唇肥厚,可是红润饱满,像一个熟透了的开了口的石榴。与她一同晒药的,是一个小巧的女人,是县城一个杀猪匠的女儿。她成了姐姐的闺中密友,她们总是形影不离。有时姐姐晚上也不回家,就在另一个巷子里她的家睡觉。一切危机四伏,一切也可能皆缘于此。冬天的爆发,是夏天埋下的种子。

秋风一场接着一场,秋雨就来了。县城总是湿漉漉的。秋雨打湿了人们的心。肉票布票紧张了起来。县城的轮窑厂几口高大的烟囱冒着浓烟。拖拉机站一派繁忙。少年的妈妈每天赶到东门外轮窑厂上班。她匆匆地赶路,用一个搪瓷缸在路上吃饭。

覆盖了一场大雪,县城安静了下来。街巷中没有了声音。1970年代与政治有关的街景慢慢被大雪掩没。可一切植物照旧,恋爱也照旧。比如青春的少女萌情也是照旧的,具体得可以以我的姐姐为例。

其实在夏天已经有了迹象,只是我顽童一般,并不能理解事物的真相。那个夏天我从护城河拎着两条鲶鱼回家,嘴里还哼着:

钱广赶大车帮我捎货,

买点辣椒多给两块五,

钱广的老婆把话说,

为啥多给她两块五,

钱广说:傻老婆,

两块五,算什么?

只要把她拉过来,

再给她两块五,

也不算多,也不算多……

可是我一进门,气氛就不对。我家那时正在越塘边建三间砖房。门口一个巨大的坑,也许过去是一个小小的池塘。坑边红砖遍地。在乱砖堆边,一个我不认识的络腮胡男人站着,有些老相,看岁数是个大人。我以为是父亲的熟人。可是空气不对,父亲在那里弯腰拾砖,母亲在厨房里,姐姐在里面屋里。那个男人就那么站着。我走进堂屋,见桌上有些年的东西:两瓶古井贡酒、两条飞马香烟,还有一些桂园和蜜枣。我不知东西从何而来,于是便走上去看看。可父亲眼睛渐渐大了起来,于是我便慢慢小下去。为了知趣，我走了出去，见那个男人在那戳着，男人见我过去，就对我笑笑，一副和善的样子，他并不是一副讨好我的表情。可是我错误地以为他是在讨好我，于是我便走过去同他说话。我说："你在干吗。"

我其实才说了一半，或者一半没有说完，父亲突然冲了过来，他的突如其来是我始料不及的，等我再想反应过来继续小下去，可是已不可能，一个嘴巴，一个大嘴巴打在了我的脸上，我并不知道疼，我只是感到站立不稳。我的头有一个时刻是休克的。之后才有了反应，是耳朵嗡嗡地响。我知道了，我知道了。我挨了父亲一个响亮的耳光。

这个耳光毫无根据。我研究了许多年，我知道，这个耳光毫无根据。

四

姐姐跑了。她同那个络腮胡子男人跑了。这也是父亲始料不及的。这个打击，对父亲是巨大的。

其实这是一个阴谋，一个巨大的阴谋。这个阴谋缘于这个夏天，姐姐在她那个杀猪匠的密友家里。她是在何种场合认识这个络腮胡子男人的，我们不得而知。但是可以肯定，这个络腮胡子男人比她大很多。姐姐面对暴跳如雷的父亲时心里肯定也是阴暗的，因为这个不可捉摸的父亲确实让子女整日胆战心惊。其实姐姐和这个男孩一样，也是惶惶不可终。她大了，女人唯一的办法就是跑，就是私奔。姐姐她成功了。她的操作非常成功。之前没有一点蛛丝马迹。这个络腮胡子男人，他虽然矮胖丑陋，可是他的体贴和细致入微肯定是打动了姐姐的。姐姐知道这个婚姻不会得到家庭的认可，她一边虚与委蛇，一边打点自己，把家里的衣服一件一件往密友家藏，就像一个成功的老鼠偷偷地搬家一般，将一根一根稻草拖入另一个洞穴。

父亲得到这个信息是在过年前的三天，这个冬日的黄昏，这个家庭又开始买年货和忙着蒸包子。母亲找姐姐和面没有找到，母亲还说，这个死丫头！又死哪里去了！就开始自己和面，这时一个半大的男孩跑来说，你家的女儿跟人跑了。现在看来这个男孩肯定是姐姐雇来报信的,否则家里人会以为她有什么意外,比如死了或者失踪了。可是那时的父亲正在门口填那个巨大的坑。他对这个男孩的报信置若罔闻,继续在门口填坑,晚上九点多钟姐姐还没有回来,于是就派我到另一个巷口她的密友家去寻,可是她的密友说,不在她那里,一天没有见到她。我见她的那个个子小小的漂亮密友脸上红红的,我就估计她心里有鬼。可是我也不说,我不想搬弄是非,或者搬起石头砸自己的脚,于是我回家一五一十如实报告,说:"没有,她家没看见。"

这时父亲有点慌了,可是他还假作正经,以显示他这个家长的尊严,可是我从他走路迤里斜七的步伐知道他慌了。父亲一定想起了在乱砖旁,那个不怀好意的男人。他对给我的那个响亮的嘴巴,也许早已忘到九霄云外,可是我的半边肿胀的脸不断向我提醒,这个嘴巴毫无道理。

消息在第四天终于来了,其实这一天是大年初一,一个白胡子老者走进我家的门。我估计父亲已经得到了消息,否则这两天他们不会这么稳如泰山,另外我从他与我母亲的叽叽咕咕中也看出些眉目。果然老者坐下,将拐棍放于一旁,他目光盯着我家后面池塘里面的枯荷。老者一字一顿地说:孩子旅行结婚去了。这个人家条件不错,也是本城的老门老户。现在嘛,讲究个自由恋爱,作为家长要想得开些……

交谈是艰涩而无趣的。父亲一言不吭,而老者胸有成竹,桌上的一杯茶老者并不去动。老者稍坐了一会,清咳一声,说,我就不好坐了。说完起身取了拐棍而行。

那个年是没法过了。从那个时候起父亲开始咯血,一个冬天他咳嗽声不断。暴躁而倔犟的父亲,这一次给击倒了。可是他并不认输,他以与女儿断绝关系的方式来维持自己的尊严,可是他是个失败者。多少年后,他以一个失败者的身份,接纳了他的外孙和外孙女。这并不完全是时代的悲剧,这个古怪的父亲,也是他人格的悲剧。

冻土的家园

冯秋子
蒙古族,现居北京,供职于《诗刊》。

一

　　流浪者贴着墙根晒够太阳,跺一跺马靴檐的粘雪,目不斜视地向家走去。再没有亮度能吸引他,这一天剩余的时光,他在房子里过。

　　房子黑着。不需要灯。要灯有什么用。傻家伙才需要灯。这间低矮的房子不通电线,也不点煤油灯。他的眼睛亮得很,能看穿黑夜,知道地上跑的一个耗子长了一只眼,一只眼的耗子很喜欢上炕,跟他脸对脸、眼对眼那么看。他能把一只眼的耗子看得不耐烦,嗖、嗖飞射,撞上冻结冰霜的墙壁,再反弹到他身上。有时候,房子里的耗子饿得无精打采,找一个墙角,集体打瞌睡,他焯起那把捡来的笤帚扔过去,一阵短促的尖叫,耗子振奋起来,忘乎所以,踩着笤帚乱跳舞。

　　他对它们说:"耗子初十才娶媳妇呢,得翻过旧历年去,现在是二〇〇二年的三九天,欢欣鼓舞早了点。快把笤帚递给俄(北方汉语里的口语,我)。"

上一年的清明节,去墓地扫坟的人将一把糜谷笤帚丢在坟堆上,想望已经烧成纸灰、送给逝者的那对童男童女,陪伴逝者的时候勤劳不怠,常为逝者打扫环境卫生。流浪者转至坟地,一眼洞悉,是谁做下了不该做的事。按照规矩,下葬时死者的女子拎把笤帚为死者清扫墓穴,可是这位死者的女子,不愿按习俗将扫过墓穴的笤帚带回自己家。明摆着,这是女子为她家的老人扫出了一条不归路啊,她不想在此后的旧历年节,把老人的魂灵请回家供奉,不愿意跟她家老人的魂灵团聚。流浪者不拿供食,单挑了这把遗留在坟地上的糜谷笤帚。从此,他的土炕上除了他,还弯曲着一把黄笤帚,和一个不知来路、每到年节总会依照笤帚的指引返回人间探亲的灵魂。只是耗子吞噬穗杆,笤帚上缺了好多齿。不知灵魂还能不能够认出这把笤帚。

他拾起笤帚,放回炕上。

囫囵着身子躺下,两只耗子从棉袄的破窟窿钻进去,贴住他的后背睡觉,当他是一堵暖烘烘的火墙。"俄一闭气,"他说,"你们这些家伙准保吃尽俄。"

睡前,他往灶坑塞进几根木棒,火丝幽幽地穿过他盘的土炕。除了跟耗子耍,他就在黑房子里前言不搭后语地说话,常年不忘的话有一句:"祝毛主席你啦(你老、您)万寿无疆!"他已是五十大几、六十来岁的人了,还没有见过毛主席。有时,他也对毛主席说:"俄在这儿呢,俄好着呢,你过得咋样?等一下俄去看你。你要看俄,你就来。"于是又想,毛主席来了给他吃什么。这个大问题想了好多年了,想不好解决这个问题的办法。他的食粮是非常简单的,他就吃马粪,吃了好些年了,吃马粪不麻烦任何人。再就是捡树枝烧他的炕,取一点点暖。有人见了面掏钱给他,他一概回绝。对方转而递给他纸烟抽。接纸烟或者是不接,全看那一时间他是不是高兴,那个人看起来是不是顺他的眼。旗里他接受过整包纸烟的,有那么一两个人,其中来自黑龙江绥化那个人,是个满族人,从东北一个什么鬼学校毕业,自愿要到几千公里以外他呆的旗。"俄不认得你,你找俄做啥。"他感到奇怪。他见那个家伙,是在苗圃捡树枝的时候,喊声从他背后响起,吓走了他面前的几只乌鸦。原来是一位锈铁嗓门在那里叫嚷,说他是苗圃技术员。技术员就技术员吧,你想球咋?育种修枝四五十年了,还是个技术员,苗圃的树越来越少,你说一说吧,咋球回事。在他眼里,这个从东北窝子钻出来的技

范宏亚作品

术员跟他相差无几,一个育种、剪树,一个捡树枝,眼睛里只有太阳,只有树,所以他们呆在这个地方,有树有太阳,一直活得挺好,不嫌少不嫌多,不嫌近也不嫌远。技术员说过的话不比他多,岁数也许比他大,比他小也说不定,前几年从苗圃离职,离世。

他去苗圃捡一些残棍断枝,没人出来喊叫,他确信技术员真是死了。

他想起技术员这么多年以来,一直叫他"特努勒沁"(蒙语,流浪者)。

"特努勒沁"抱着一小捆树枝离开苗圃的时候,心想:你才是特努勒沁。俄是"陕西绥德人氏"。

二

一九六四年,七千人的"四清"工作队开进旗里,几个月干下来,死了四百余人,拿下几百名干部,撤出。一位接壤旗的汉族干部留下,到一九七一年四月开第六次旗党代会,定为旗委书记。全国的气候有所回转,推动着这个僻远的旗出现了一些转机。这个政治运动的重灾区,一九六七年,旗人民委员会和所属职能部门全部陷入瘫痪,一九六九年开始实行全面军事管制,长达三年之久。以后,在街上或是举旗上下的誓师动员大会上看见这位新上任的旗委书记,一副严峻的面孔,身着藏蓝或黑灰简易中山制服,冬天走到哪里都搭挂一件军大衣,两只手不通过袖管,而从大衣前开口伸出,握住衣边,一副随时准备开步、随时准备慢吞吞就座的姿势。念诵讲话稿时铿锵有力,只是节奏缓慢,抛开讲话稿发挥时,将"这个、这个——啊"无限拉长,但是临了说出来的话比秘书写的套话还寡淡,留给望眼欲穿的全旗父老乡亲"不球行"的印象。秘书写的,没有一句是错的,抄写报纸磨炼的功夫,好比他就是报纸上的人。报纸没错,他就没错,报纸错了,他也没错,因为不属于他的发明。书记更没错,因为讲话稿里没有一句是"我这一个人"说的话。而"我这一个人"说的话,不知道是哪跟哪没搭配对,那个调调子,总是唱不进怀抱一些念想的父老乡亲他们心坎里。人们说起书记在大庭广众自由发挥时讲的话,就像说起那位六十年代初从北京支边到此地的女播音员"粉粉","粉粉"曾在喇叭里郑重其事地说:"察右中旗广播站,刚才广播的都不算。"

书记的老伴是家庭妇女,前后养育了六个儿女,裹过脚,又放开,走路有些蹒跚,除参加街道组织的学习会,不想出门。她的女儿与我同学,去他们家玩,见她手里总是拿个布,拿个木棍,拿个碗,小脚板挪前挪后,不停地做活儿。

十月上冻以后,天没亮,院子里就有地富反坏右分子走进走出,一手挎筐,一手拿锹,咔咔地劈砍冻结的人畜粪便。那时候昔阳的大寨村像突然升起的星星照到了我们旗,旗里的人们知道了要学习大寨,但是还没有养成农村老乡那种五更起身的习惯,虽然每人分配下了拾粪的定额。地富反坏右分子不敢偷懒,先行一步。上学路上,在旗委大院对着的丁字路口,我碰见了同学的爸爸、旗委书记,他挎着柳条筐,蒙头不语,把马路上不多的牛马干粪铲进筐子,他走到旗委大院后面,将几朵粪花倒进科布尔镇公社第一生产小队的农田里。

学校师生紧急动员起来,争先恐后为农业学大寨贡献光和热。我和两个女同学分在一组,我们借出我父亲机关的手推车,另一同学的父亲帮我们弄来两张铁皮做围墙,三个人商量以后,去当时还喂养马匹、辟有马厩的公安局、法院、工商局,包括旗车马运输社,央求"叔叔""大爷",把好听的话翻卷一遍又一遍:"让我们替你们打扫卫生吧,给你们铲马粪,晒马圈,我们就要一点马粪,农业学大寨,工业学大庆,万众一条心,革命到底不分离,一个马粪,有马就能拉,给一点有什么不好嘛"之类。撤离的时候,手推车的围墙里,加了又加,拍瓷实了还拍,高高耸起如一顶蒙古包,前辕后辕还搁着几只装满粪的筐,我负责驾车,两个同学一边一个助推,因为兴奋难耐,都没看见路面的情况,右车轱辘磕上大石头,车辕突然弹起,绑在车把上的厚铁皮戳进我的手心,结果缝了四针,留下一道疤痕。

后来书记一家搬离了我们旗,书记在新任上没干几年就因病去世。前几年我回老家,同学们讲起书记的老伴,我们同学的妈妈,去上海看望四儿子,心脏病发作,客死异乡,她和书记生前都表示过愿意土葬,合葬。于是儿女们弄了一辆丰田越野赶赴上海,将老人安置在后排座上,像活人睡觉那样躺着,以冰裹身,持续冷冻,硬是从火化尸体没有商量余地的上海,闯关过卡,日夜兼程,运抵北方故土,平展展地入土为安。这个行动不可谓不大。老书记在任时虽没创下什么业绩,但也没做过什么坏事,没往自己身上、自己家里弄过什么好东西。人们至今说起他,说:"这就不错啦。"心里无限怀念。现在说他好的人,比当时多。

三

忆苦思甜的会场有时设在居民家,有时占用教室,有时在会议室、大礼堂,不拘场地大小,一律用毛毯、棉被堵死门窗,外面的光线渗不进来,里面的人尿急了挤不出去,笼罩出一幅黑暗的旧社会的图像。人们齐声合唱:"天上布满星,月儿亮晶晶,生产队里开大会,诉苦把冤申……"地主和什么"抢走了我的娘……止不住的心酸泪呀……"唱着歌,怒火已然满腔。坐着或者站着作报告的人,泪水滂沱,哭诉的声息,吹拂着面前一盏煤油灯,小火苗扑啦扑啦颤动。大人小孩呜呜咽咽地跟着哭。有人站起,振臂高呼:"打倒万恶的旧社会!""打倒吃人的三座大山!""打倒……""毛主席万岁!万岁!万万岁!"

会后发放的忆苦窝头,像宝贝一样揣进人们的口袋里。街道也按人头分配一些,母亲们带回窝头,欢欢喜喜放到炕席上,又硬又馊又涩又圆,窝头轱辘辘地在炕席上转圈跑。窝头好,窝头好,窝头窝头就是好。一边吃,一边念,生活幸福又美好。窝头缓释了一个又一个孩子饥饿的肚子。我哥哥养的那只瘦骨伶仃的鸡,也分享了一个忆苦窝头。

听完报告,知道了遥远的西藏,吃人的农奴制,可怜的巴桑。我说:"长大我要去西藏。"我母亲说,还没有我的时候,我父亲曾接到命令,让他进藏,因为他已经从南下的队伍北上,开进内蒙古边疆地区了,就没有继续往南、往西去西藏。我说:"去多好啊,可以见到巴桑。"

可是母亲是这边的人。走啊走,走到这里停住。理由是这个半农半牧地区很需要干部。

其实不见得。

旗里每年腊月召开旗级、公社、大队三级干部会议(简称"三干"会),农村、牧区

自家食粮

来了那么多干部,缺一个两个,我敢肯定没人数出来。这些男干部和一些女干部分散住进城区居民家,每家一间房,一盘大炕,一个大红瓦盆搁在地中央,没尿儿泡,尿就往出摇晃。男女老少人挤人睡出一大排,憋起满肚子尿,实在不幸福。中午和晚上两顿饭,代表们仍在所住的人家那里吃。"三干会"散会前最后一顿晚饭,全体干部云集旗委招待所大食堂轰轰烈烈地吃,好多人家的小孩不睡觉,大眼小眼盯着门,听着声,等住在他们家的干部带一个白面馒头回来。

四

天黑下来,城市和远处都是黑蓝色,除了干涩的冷风,只有星星和零碎的钉子一般的人。往远走,离开城郭,钉在草地里的黑点,就是野兽了。整个冬天,粗犷的沙土随风卷起,向着空洞的黑夜横冲直撞。谁也不知道这一天,这个地方又埋葬了二十世纪末了的几个人。

是一些汉族人,一百多年前或者四五十年前,他们的老人从山西,从河北,从东北,从什么地方迁移到内蒙古高地。他们是移民后代,是内蒙古人。他们是和同伴一起驾驶大卡车进草地的,想赶在旧历年以前拉几车深草地的羊,回去分给单位的人们,分给亲戚朋友,每家年根都会储存几只羊,日子缓过来以后,北京那边调拨羊肉的数量没有减少,可是允许牧民养的羊比原来多啊。一腊月一正月,蒙古人和汉人还有别的民族的人都吃羊肉抗过严寒的冬天。

走之前,他们加满了汽油。但是旗里的一个加油站给的是搀了假的劣质油,写着90标号,不是90号的质量标准,不到预定时间已经耗干了底油,耗干了他们的干粮。他们孤立无援,被困在了人世之外。呼喊,没有人可以听见,茫茫草地,皑皑雪原,一个人影也不见。从白天到黑夜,黑夜到白天,只有一只苍鹰在他们附近出没盘旋。他们系紧皮袄、皮裤,袖着粪钗一样的脏手,在雪地里跺。跺来跺去,跺不出任何能量,只好回到驾驶舱,在小小的没有暖温的驾驶舱继续跺,最后跺不跺腿脚,已经感觉不到腿脚是不是还存在。一个人说,摘了车轱辘烧吧。他们下车,围着冰海里的一星火,烧烤没有知觉的身体。车轱辘全部卸下,烧成灰烬,他们的身体仍旧僵硬。他们慢慢地不会走路,不能动弹,一个个环坐着死去。失去车轱辘的汽车停泊在雪地里,人匍匐车旁。

五

白亚拉不知不觉就胖得不像话了。那些专为瘦子设计的轿车,颠簸起来,使白亚拉感到大肚子在怀里,像他小时候打过的军鼓,遮蔽了视线,人看不见自己的腿有多长。当他坐下来吃饭,弯不下腰去抚摸他的孩子们。那张古朴的餐桌,被他满满地占住一大片。喝一杯酒,一大堆体积和一只小杯,和缓、温存的婆娑。

他和朋友在一起的时间,若和家人在一起的时间比,一样长。唱一支让自己感觉无限骄傲的歌,流泻的快乐和喝进去的酒比,一样多。

喝完酒回家,已进午夜。在家门口,摸索开门的钥匙。钥匙别在裤袢上。他想,心明明白白,手抖颤不听使唤,这个手总是跟他捣乱。前不久他喝醉酒,心脏有些异常反应,经朋友劝说,他同意去看病,朋友陪着他去呼和浩特内蒙古医学院附属医院看专家门诊。白亚拉坐在老大夫面前。老大夫问:"怎么啦,哪儿不舒服?"他说:"有时候手抖。"老大夫看看他的手,没有任何问题。问:"什么情况下手抖?"他说:"喝完酒手抖。"老大夫说:"不喝酒就不抖?"白亚拉老老实实回答:"是啊。"老大夫不理他,转过去看下一位病人。白亚拉只得起身让座。等了一会儿,还是没有白亚拉的事,白亚拉走出门诊室。想想来一趟好几百里,妻子问询诊断的事,没个交代。这位专家什么也没看出来,什么也没说出来,也不够意思,毕竟是专家嘛,专门挂你的号,这么看病水平不咋样啊。他返回去,说:"大夫,我这个问题是咋回事,咋治疗呢,你还没告诉我。"老大夫说:"不用治疗,你不喝酒不就没事啦。"

白亚拉和朋友开车返回自己的旗,把这个段落笑了一路。

唉,白亚拉想起那位老大夫,蛮可爱的。想起朋友,一生若没有朋友,活着有什么

范宏亚作品

劲啊,心里的沉重、忧伤,哪里是老婆能够担当的。想起自己,爱朋友,爱家人,逢年过节,依蒙古族的古老遗风,携带妻子、礼物,走访盘根错节的长辈亲戚,鞠躬问候,喝一杯长辈赐予的祝福的酒,那种幸福感能融化掉草原上的一座冰山。长辈和长辈的孩子们都喜欢他,他差一点成了前途光明的年轻人的典范。只有他知道心底的疲乏,他不快乐。不过这是自己的事。想起妻子、孩子,有什么词能说出他们的好呢,好,有时候是没法说的(就像他的难过)。只是他的女孩太贪玩,学习稍微松懈一点。依着他的愿望,不玩它十几年,哪能叫有个幸福童年。现在正是混玩的年岁,该玩,不过女孩子的玩法意思不大,不像他们小时候,玩得魂惊魄散。人生苦短,如梦如土啊。

令他不快的是,他妻子有时候硬是来麻烦他,竟然挑拨他和朋友的关系,说:"既然是好朋友,为什么老劝你喝酒?是你朋友的话,为什么不为你想一想,心脏不好不能喝那么多。"他马上堵塞这条邪门歪道:"这是什么狗屁话啊?是朋友,他们才想和我一起痛快,人活着多不容易,每天往前走,你知不知道人有时候,累得走不动?我就看重感情,有哪一点错?人活到最后,能带上金银财宝金銮殿吗?赤手空拳,你记住。只有汗毛跟感情在你身上、在你心里,跟你一起化成粪土,你不孤独。你就知道心脏。谁没有心脏?"如此这般。

他做得不合适的地方有没有,有,很多,比如今天回来有点晚。

白亚拉的手不由自主瑟瑟发抖,身在门口不得入内。终于,他努力地从裤衩上摘下了钥匙,但那串钥匙失手落入雪地。白亚拉弯腰想拾钥匙,身体失去重心跌坐下去。他幸福地想,妻子和儿女就在这扇木板门里面。他微笑着睡着了。

第二天清早,他妻子推门,冻僵的白亚拉倚门而坐,像一尊菩萨。

今年,灰腾格勒又有人醉酒后倒在街上,等待一个梦进来。

六

雪地里竖着一根枯燥的杨树枝。一根枝子指向大路伸出去的那一头,往远,有一些铁轨,那是一个可以载人去往别处的城市;往回,指向地下埋葬者曾经居住过的城。草地里生长的树,东一棵西一棵,没有规律,有的长过一些叶子,更多的只是一棵枯树干。它们是因为一个人,才在冻地里树立起来。

树根下埋着一个人。许多年来,坟墓无姓无名,后来有人埋进去一截青石,也没写字。

古往今来,埋进这块冻土地的人,都加入进一支无名的队伍里。他们没想从头再来,不想重新开始。

这是一个除了他们的家人,谁也记不住谁的安居之所。白天羊群绕着坟墓扒土,想翻阅一下土地里的秘密。埋人的时候,墓壁凹进去一个洞,安置其上的一盏长明灯,填土的时候就已熄灭,旁边瓷坛里的食粮,也早被墓穴里的蚁类壳类小动物搬运没了。羊嗅出了什么味道?

流浪汉在野地里转悠,把墓脚一侧混沙拌土的食物挑拣出来,放进油布袋里。

来到这里的人,没有再走的,但人人死后找一条大路边安葬。

这片蒙古人世代游历的草地,把汉族人留住,又把他们养惯成想游走,又没地方可以游走的人。

七

妹妹在父亲身旁哭。

我们读中学时的体育老师走过来,说:"你们不会哭。你看农村的女子,声音往外放,哭音一放,人就说话,是说给死人听,也是说给活人听,它有一个环境问题,在一个什么场合下的问题。这可不一样,你弄清楚这是个什么题目才好办。哭是个甚问题呢,哭就是跟人们说一说,我是个谁,我为什么哭你,相关的人里头哪个人该借死人敲打一下,明辩一下,了结一下,就是哪个人长啦哪个人短啦,数落数落。人们围住看,就是看人家怎么个说法,说些什么话。哭是个什么东西呢,你们应该懂了,我说了半天,就是做个交代,铺垫个事情。你们哭,咋哭哩,声音往里走,穿膛过肚,一个人活受，好不容易念叨了一句，就念叨了'爸爸'。人家是说给社会，你是说给自己。看看，哭得你妹妹心脏病都快出来了，还不赶紧收。不会哭。"

八

父亲死后安顿在院子里。我挨他的脸时，和冻土，和冻土地里的冰一样，他才死了一天，就融合成一块冰了。

我留在院子里陪伴他。不大一会儿工夫，身体坚硬，腿脚不听使唤，嘴也说不出话了，只有呵出的气在眼前一股一股荡漾，进家时，伸手拉门把，微热的手被冻门把撕去一层皮，顿时血糊淋淋。铁门把儿一刻也没有忘记出气的人，它这样撕扯我的皮，已有多年。照理我该记住冬天的铁，它们的厉害，像小学那位数学老师罚站一样。每撕扯一块皮肉，每罚过一次站，都这样想：下回记住吧，耻辱的人。然而下回还是记不住，就像铁到冬天变成刀子，本来就该扒下人的皮，人的皮怎能不让铁撕去呢，冬天本会发生这样的事，什么不被冬天的铁划开呢，没被铁毁坏的东西，只剩下孤寂的原野那片尚未被人踩踏过的积雪。

白色的雪原和红色的血肉，是草原上最耀眼的东西。那里的颜色，需要每一个存在其间的生物牵引出来。而且冬季是保存颜色的最好季节，单调的颜色汇聚起来，铺写出那里的历史。我们的手，不也是一年又一年才坚韧起来的吗，粗枝大叶地去和冻透的铁磨炼，铁和手都厚实得像历史书，但是没有谁想到躲避，手碰撞了铁，铁碰撞了手，自然得如同每个人都有爹有娘一样。男人和女人都把他们的手晾在外头，有意无意地，随时与铁接近。随它们触类旁通去吧。

就像他们闪烁的恋情，相对峙的婚姻。

镶嵌在冰天雪地里的铁，把我的皮肉撕到一定时候，撕得我岁数到了，我就轻省了，也会停在外面，外面自有东西把我与寒冷的气流联合成一块冰。

感谢晚餐

傅菲

现居江西上饶,供职《上饶日报》。

能够吃上晚餐的人,是幸福的。晚餐之后,还可以静静安睡,做恬美的梦,即使没有梦,也有小小的期待,新的一天被一缕白皙的光送进眼睑。我很少把应酬安排在晚餐,试想想,这么有限的烛火时光在家之外的场所度过,是一件多么浪费的事情。

南方人一般把晚餐看得不是很重要,简单应付自己的肠胃,把中午的剩菜回锅,热热,吃的潦潦草草。我或许是个特例。相对于午餐,我显得有些"隆重"。我是这样想的,中午是白昼的一个中间驿馆,赶路停顿下来,稍息片刻,又要勒紧缰绳,继续在尘土飞扬中奔波,哪有好的情绪去享用美食呢?而黄昏时分多么打动人心,夜色低垂,华灯初上,四周静谧,一家老小聚在厅里,说说笑笑。美食也需良辰。一般情况下,我都是自己下厨,烧两荤两素一汤。每餐,我女儿都吃得有滋有味。她吃饭是一个特别认真的人,不需要大人催促。要么是黄鱼或鳜鱼,要么是排骨,这是每顿晚餐必备的主菜之一。我的原则是菜丰,少食,味淡。女儿最爱这两样。她把骨刺堆在桌上,满手都是油,翘着嘴巴说:"爸爸,我吃饱了。"女儿吃饱了,再好吃的东西都不再吃。

我在外面吃到好吃的菜,也会在家里复制。去年十一月,我和周劲松、徐永俊、戴川等人去福建浦城,回来的路上,戴川说,在盘亭吃晚饭吧,有野味吃。盘亭是浦城乡间小镇,有曲流绕镇而过。期间,正黄昏的雾霭弥漫,田间菜蔬葱郁。小镇已掌起小灯。酒馆在一家民房里,我一脚踏进厨房,胃液就开始翻涌。厨房堆着干裂的木柴,大饭甑在锅里冒着腾腾热气,米饭的香味扑通扑通地扑打鼻孔。伙计蹲在地上给小炉添加木炭。老板娘三十多岁,穿一双保暖棉鞋,人干瘪,瓜子壳一样。老板娘说,火炉焖出来的肉有木炭香,城里人可吃不到。半小时后,桌上摆满了火炉,炭火旺旺的。火炉上,是麂肉、山羊肉、野猪肉。麂肉炖得鲜美,柔滑,以山药(木薯)作汤料,很合我的口味。之后的两天,我表哥水银送来麂肉,说,村里有人用套子捕的,给我尝尝鲜。我喜出望外。我中午郑重其事地对女儿说:"爸爸晚上要烧一个你从没吃过的菜。"女儿八岁,眼巴巴地望着我,说,什么菜呀,是不是清蒸口条。我说,等你晚上吃的时候就知道了。午休时,把麂子的腿骨剔出来,用热水焯一下,倒进高压锅,用啤酒(可当水,可去腥臊)、姜,把骨头压透,留着晚上做汤。下了班,我急匆匆地赶回家,把麂肉切成小丝条芡粉酱油腌制,把山药切片剁碎。油锅烧热,把碎山药爆熟,再把骨头汤倾进锅里,直至汤油翻滚,把麂肉一小撮一小撮地撒进汤里,最后点几片香葱。那天,我小舅子和他女朋友在我家吃饭。他女朋友喝了两碗,饭也不吃,说,从没吃过这么好吃的汤。我小舅子也说,麂子肉小炒和红烧,都是浪费啊。

　　当然,温暖美好的生活可能并不需要丰盛的美味佳肴,在对家的依恋和汲取里,味觉只是浅层次的感知。我在十五岁之前,对晚餐的关键词是:萝卜、白菜、稀饭和芋头。

　　在我大哥二十五岁那年,大哥托邻居到车边村说一门亲事。大哥是个拖拉机手,和车边的姑娘已经谈了一年多的恋爱,该是瓜落蒂熟的时候。姑娘的父母回话说,旭炎(我大哥)家人太多,没饱饭吃,女儿去了傅家会吃苦。姑娘倒是铁了心,软磨硬泡了三年,才进了傅家,成了我大嫂。那年我十一岁,大嫂成了我家第十四张嘴巴。现在我大嫂已经五十多岁,做了奶奶和外婆,和我母亲关系也不融洽。我母亲经常和我唠

范宏亚作品

叨，说大嫂气度小。但我始终对大嫂恭敬有加，我贪念大嫂当年鼓着多大的勇气，跨进傅家破烂的门槛。

在枫林，我母亲不算生育最多的人，尽管生了五男四女，我对门的光罗生了七男三女，路口的国标生了五男六女，但我母亲的子女都健康成长，而光罗和国标的子女都夭折过半。我父亲是大队会计，所有的农活都压在祖父一个人身上。日常的吃食，也是可想而知的。晚餐一般是萝卜饭或白菜饭或芋头饭，大人一桌，小孩一桌，围在厅堂里吃。我母亲有一双巧手，用萝卜白菜芋头焖出各色各样的饭，让我们口舌生香。厅堂上，点着一盏暗黄的煤油灯，晃动的灯光扑闪在脸上。桌上只有剁椒、霉豆腐、豆瓣酱之类的咸菜。我从来没有淡忘过这样的情景。我母亲在门前的水池里洗萝卜，冬天的水面浮着缕缕白汽，她枯瘦的手指在水中变红变粗，她时不时地站起身子，捶几下腰，又蹲下，她的嘴唇干焦，身子略显佝偻。母亲把洗净的萝卜去皮，切成丝，热锅干炒去萝卜味，和半熟的米湿炒，加水焖。水蒸气在灶台上萦绕，木柴在灶膛吐出红红的舌苔。我和弟弟妹妹围在灶台边，手捂在青石的台面上，木柴的热气闯过青石，由掌心传入心里。水蒸气笼罩着母亲的脸，半是虚拟半是慈蔼。

初冬季节，大地蒙霜。油榨坊里自是热闹非常，灯火通明，茶油的香气绕梁三匝。祖父是个榨手。油茶饼码在榨槽里，开口处用活塞锁死。梁上吊着一根原木，祖父赤脚赤膊，用手拉原木，撞在活塞上。活塞挤压油茶饼，茶油顺着槽口滴到油桶里。这是高消耗的体力活，一般的劳力做不了两天，而祖父要做一个冬季，报酬是每天两斤茶油。油榨坊离我家不到一华里，而祖父吃住都在坊里，以防外人偷油。我们都争着给祖父送饭。母亲每个晚上都给祖父备了一大钵蛋炒饭和一大碗热米汤。母亲通常让我送。祖父坐在焙炕上吃饭，我坐在祖父身边。他吃几口，看我一眼，把饭里的蛋挑出来，送进我嘴里，到最后，留下小半碗给我吃。他说："你妈饭炒得多了，吃不完，小孩子蹦蹦跳跳饿得快。"他端起大碗，仰起脖子，一口气把米汤喝了，然后用手摸摸我的头，点起旱烟抽起来。如今，祖父已仙逝多年，而那样简单温暖的晚餐依旧存在我心里，我的头上仿佛仍有祖父粗粝手掌的余温。他的温度丝丝缕缕，化入我的血液。

　　"最后的晚餐"。我觉得这是世界上最残忍的词汇。可以想见,这个词汇的外延是殉道、临刑、赴义。在意大利米兰圣玛利亚德尔格契修道院饭厅的墙壁上,有一幅名画,取名《最后的晚餐》,作者是光耀宙宇的达·芬奇。这是世界美术宝库里的巅峰之作。作品取材于圣经故事:耶稣预知自己被叛徒出卖,在受难之前与其十二门徒一起庆祝逾越节的晚餐,他说"你们中有一个人要出卖我"。画面所描绘的正是耶稣说出这句话后引起门徒们骤然震动的场面。画面以耶稣为中心,十二门徒有规律地每三人分为一组,分列在耶稣两旁,最左边是巴塞洛缪、小詹姆士和安德鲁,接下来是犹大、彼得和约翰,右边是托马斯、老詹姆士和菲利普,最右边是西蒙、犹大和马太。他们有的惊奇地站起来,有的在沉思,有的愤怒地握着切面包的刀子,有的向耶稣询问,有的相互议论……而叛徒犹大手捂钱袋,侧着身,显出异常的惊恐。

　　殉道、临刑、赴义,这都是一些胸怀正义或教义的人最后告别。对于苟活者,"最后的晚餐"同样悲凉。去年初秋,枫林的邻居姜氏,是个拐子,杀了一头猪,卖了一千三百元。屠夫把肉拉走,拐子在门槛上点钱。拐子的老婆是个弱智,烧锅煮饭,准备晚餐。猪肝细肠洗好,和一块排刀肉挂在竹杈上。拐子六十多岁,脸上洋溢着笑容。他的大儿子光荣骑一辆破摩托回家。光荣在市区开摩的,但营生不好,自己的胃都填不满,更别说养小孩了,三天两天回到拐子这里要钱。光荣看见父亲在点钱,哀求父亲给八百块。拐子说,哪有剩余的钱啊,外面还欠着诊所和货店化肥的钱,全还上还差一些呢。光荣说,你今天不给我就砸这个破房子。拐子一看儿子的气势,知道他寻事滋事。拐子把茶木拐杖捏在手上,说:"你结婚四年没给过我一分钱,吃的米是我种的,摩托车也是我买的,你还要我做死了你才甘心。"光荣乒乒乓乓,从橱柜里摸出碗,摔在地上。光荣的妈妈拉着儿子的手,说,晚上有肉吃,不要吵架了,饭面上蒸了米粉肉,快熟了。拐子一拐杖过去,打在儿子的大腿上。光荣把妈妈一推,他妈妈重重地倒在地上。光荣拿起柴刀,把木头大门劈开,说,你不给钱,我以后不要这家啦。"看样子,你今天就是要我死你才舒服。"拐子边说边走到窗台,拿起半瓶敌敌畏,扬起手,说,"你想我死,我死给你看。"光荣说,你把敌敌畏当雪碧喝,你敢喝我敢看。拐子吹啤酒一样,一口把敌敌畏喝干。光荣靠在门框上,一言不发。拐子倒在橱柜下,说，你舒服吧。光荣看着自己的父亲脸色转紫转黑，口角淌白色的唾液。拐子的身子在地上扭动，用手抓地。光荣的妈妈爬起来，哭着说，救救拐子。光荣从拐子口袋里，搜出八百块钱，逃犯一样从家里跑出，鬼影一样无影无踪。邻居赶来，把拐子抱上平板车，在送往诊所的半路上，拐子已经没了气息。

在有限的恋爱经历中，我从没有过烛光晚餐。都说烛光晚餐是恋人之间最浪漫的情事，在温馨的空间里，盏中的葡萄酒和夜色一样酡红，玻璃杯上印着女子樱桃般的唇印，殷红，斑驳。烛光多姿，恋人之间款款耳语，情话似窗前的河流绵绵。即使沉默，男子深情地看着对面桃花色的脸颊，自是一番沉醉。可惜我已没机会"补课"。

在我看来，酒馆里进行的晚餐更适合离别，而非相聚。"明天你就要走了，今晚为你饯行。"这是我们通常说的一句话。这样的晚餐是每个人都有的。而离别有时是一种永远的告别，只是身处其中茫然不知。1997年初春，我和梅在南门口的一家酒馆里吃饭。这是我们新年的第一次相聚。我是酒馆的常年顾客，我把它当做自己的食堂。老板见我带着女孩子，更是客气，烧了半只鹅、排骨海带汤，还有两个炒菜。席间，梅说，今年就要毕业了，有留校的机会。她的声音很低，眼睛瞅着我。她在省城的一所干部学院进修，已经两年，一直是学院里的学生会主席，她是学院留校生的首选。我说，你自己的意思呢。她说，你怎么定我怎么做。我说，你回到乡下小镇教书没有多大前程，留在省城空间大，你素质高，有前途的。我们一直沉默地把饭吃完，但都没有离开酒馆的意思。我知道她等我的表态。我们认识七年了，恋爱了两年，我也供她上了两年的大学。我掏出四千块钱给梅，说，你留校需要到有关部门走动一下，尽量留校吧，我们的事情以后再谈，不要因为我而影响选择，选择恋人的机会很多，选择前途的机会很少。我们走出酒馆已是街空人稀。天上飘着零星细雨，我们都没有打伞。我拥着她的肩穿过街道，春寒扑面。我回到单身宿舍，整整睡了三天，不吃不喝。这是我们最后相对而坐的晚餐。她几次写信给我，要和我见面，我都拒绝。有一次她在我楼下，给我电话，要看看我，我把电话搁了。我趴在办公桌上，失声痛哭。是的，我是一个决绝的人，我不能给她任何希望。她留校手续办妥之后，给我来信，希望我调往省城，我信都没回。十多年了，我们再也没有过见面，彼此都有了自己的家业。但愿她过得比我想象中的更美好。

成家之后，我很少在外面用晚餐，尤其是小孩落地之后。小孩吃完饭，偷偷把我拉到边上，说，爸爸，我要看一集米奇妙妙屋，在电脑上看。小孩每天如此。我说，谁同意看的。小孩说，妈妈。我说妈妈同意爸爸不同意。小孩马上撅起小嘴，说，你不给我看米奇，我就不给你钱。小孩从口袋里摸出两个硬币。我只是逗逗而已。我说，离电脑远点看，只能看一集。小孩兴嗒嗒地开了电脑，至少看四集。这是我一天最美妙的时光。幸福就像滑进喉咙里的温开水，自己都不知不觉。我不会把事情托付给这样的男人：天天晚上不回家吃饭，醉醺醺，又说爱家小。当然，我也经常犯浑，稀里糊涂。我明白，人是一个变数，而生活是一个常数。我珍惜和家人相处的每一个晚餐，我愿意每一个晚餐坐在家人身边，默默地看她们，默默地吃饭。

感谢晚餐。

家乡的饭食

小米

中国作家协会会员，现居甘肃文县。

拌面饭

做"拌面饭"，用的是玉米面。玉米是家乡最常见最普通的粮食作物，它也是我们的主粮。我最爱吃"拌面饭"，我弟弟最不爱吃"拌面饭"，他爱吃好吃的。玉米面做出来的饭，由于面粉比较粗，不如白面那么细，肯定不怎么好吃。真是一人欢喜一人忧。

做"拌面饭"，一般要放洋芋，或少量的小米或大米。等米或洋芋煮好了，再加入适量的酸菜，等水再一次烧开，就可以一边不停地搅拌，一边把面粉均匀地撒进去。锅里呈现黏稠状态的时候，就不能再撒面粉了，但还得继续搅拌，要搅拌到凝滞的未曾散开的面疙瘩全部散开，才可以吃。

吃"拌面饭"，得有菜，所谓的"小菜一碟"。两碟固然不错，三碟更好，但往往只有一碟。腌菜、泡菜、炒菜均可，味道比吃米饭的菜，要重得多。味道重了，菜用得就少了。一家人，一大锅"拌面饭"都吃完了，一碟小菜，还剩了些。

我小的时候，一天至少吃一顿"拌面饭"。因为母亲不仅要做家务，还得干农活，很忙。

玉米是我们的主粮，"拌面饭"做起来，也简单。它因此成了母亲为一家人首选的饭食。

然的

"然的"是一种很特别的饭。我们村附近，无人这么做着吃，但在本县，有那么几个乡镇的人，还喜欢这么做，这么吃。我在其中一个乡的学校里教了五年书，吃过很多次。

"然的"的做法，跟"拌面饭"差不多。跟"拌面饭"的不同之处在于，酸菜是炒了又和在饭里的。因为饭里就有油、盐、花椒等调料的味道，可是，吃饭的时候，还常常另外配一点小菜。

"然的"比"拌面饭"干得多。有一句很夸张的话，就是专门用来形容"然的"的，说是："掉一块在地上，连灰尘都不粘。"

汤汤子

汤汤子是玉米面做的稀糊糊，做法跟"拌面饭"一样，但比"拌面饭"稀得多。吃馍的时候，我们拿它当汤喝。喝完了，一家人，尤其是我们弟兄两个，还得在父亲的监督下，把碗也舔得干干净净的，跟洗过了一样。

我小的时候，粮食年年都不够吃，不节约不行啊。

面茶

做面茶，先得炒面。取少量食油，烧好，用小火，把玉米面加盐炒一炒，等面粉略微变了色，再铲出来，往锅里添加适量的水，等水烧开以后，拌入少量炒好的面粉，搅拌均匀，呈糊状，就可以喝了。

面茶里居然没有茶，有点儿怪。

过年的时候，往往另外炒一点茶食，调在喝面茶的碗里。这样的面茶，就比较可口了。

面茶一般当汤来喝。

片片儿

"片片儿"，也叫"片片子"。

做"片片儿"的，一般是玉米面；偶尔地，也和一点白面，目的是增加面团的黏性。把面和好，搁面盆里，用炒菜的铲子，把面团铲成片状，一边铲，一边下在锅里，完了，加酸菜，就可以吃了。

吃"片片儿"，必须有另外的小菜。不能炒了酸菜，却不配菜。

"片片儿"浑汤，吃起来比较糊，要的就是这个味。

面鱼儿

"面鱼儿"，也叫"面鱼子"。用玉米面做。

把玉米面均匀地搅拌在沸腾着的开水锅里，至黏稠状，然后用漏勺，漏在事先晾好的凉开水里，过一会儿，就可以吃了。

玉米面的黏性不够好，做出来的"面鱼儿"，长短粗细都跟小鱼相似，所以叫它

范宏亚作品

"面鱼儿"。

吃"面鱼儿",一般都得另外炒一锅酸菜汤,把漂好的"面鱼儿"烩在汤里吃。

有闲的时间,可以偶尔这么吃一顿。

搅团

"搅团"也是玉米面饭食的一种。

做"搅团"的过程,叫"打搅团"。"搅团"的做法是,第一步,在烧开的水里,什么也不放,直接拌入玉米面。"搅团"比"拌面饭"还要稠得多。俗语云:"搅团"要得好,三百六十搅。意思是,你至少也得搅拌三百六十圈。其实远远不止这个数目。"打搅团"得搅拌一阵之后,盖上锅盖,焖一焖,再攞少量水,搅拌,焖,又攞水,又搅拌,又焖……如此反复三五次,才行。等饭做好了,再进行第二个步骤:做酸菜汤。酸菜汤的做法是,用烧好的油把辣椒面炝一炝,再放盐、大蒜、生姜、花椒面,倒入酸菜,炒酸菜;酸菜炒好了,攞上水,把水烧开,再放葱花和香菜,酸菜汤就作成了。酸菜汤里面,还可以添加洋芋片,味道也不错。

"搅团"要晾一晾,再吃,但酸菜汤必须得趁热。吃的时候,舀一勺搅团,再舀一勺酸菜汤,和在一起,然后把"搅团"夹成一小块一小块的,蘸着汤来吃才好。

"搅团"也可以用荞面做。比玉米面做的更加好吃。荞面比玉米面细,黏性强,这一点,跟豌豆面和小麦面差不多。但是,没有人拿豌豆面或白面来做"搅团"。是不曾尝试过呢？还是,这样做出来的"搅团"并不好？

草草饭

为什么叫"草草饭"呢？也许是很潦草地做出来的饭吧。

"草草饭"的做法是，先倒少量水，加小米或大米，也可以是洋芋块，煮一会儿，再直接把玉米面倒进去，覆盖在上面，焖一阵，然后搅拌，再焖，再搅拌……反复多次就可以了。"草草饭"是典型的干饭，跟米饭差不多，呈颗粒状，但比米饭的颗粒要大许多。

吃"草草饭"，得佐以菜。

吃了"草草饭"，"背饿（不知道饿）"。

也可以把"草草饭"包起来，当干粮，带到户外食用。村里人经常这么做。

拌汤

第一步：在取出来的白面里，加少量水，反复用筷子搅拌，使面粉呈麦粒般大小的颗粒状。第二步：在做"拌汤"的水里，一般都要加一点洋芋条或洋芋块，将水烧开后，把面颗粒均匀地搅拌进锅里，略煮几分钟，等洋芋熟了，面粒也就熟了。第三步：添加生酸菜或炒好的酸菜，搅拌均匀，等开了锅，就可以吃了。如果是生酸菜，则需搭配一两种小菜来吃；如果是炒好的酸菜，直接吃就是了。

"拌汤"还可以不用酸菜，而用炒好的西红柿来做，别有一番风味。

"拌汤"讲究的是稀，不能稠，稠了，就不爽口。

"拌汤"一般就着馍来吃，当汤喝。也可以当饭吃。当饭时，就得略微稠一些。

我爱喝"拌汤"，而且是炒酸菜做的。能吃一碗米饭的年龄，我可以喝三碗"拌汤"，喝得肚子胀胀的了，还不想住嘴。

喝了酒，再喝"拌汤"，也格外舒服。即使现在，在县城的酒店里，往往也是最后才点"拌汤"，吃了它就散席。是真正的酒足饭饱。

这也是一种境界。

畲乡茶艺

傅翔
现居福州，供职福建省艺术研究院。

　　我一向对复杂的东西是不以为然的，特别是当那些本来极为简单的东西，人们却非要把它搞得繁复异常的时候，我就不免心生厌倦与排斥。泡茶便是如此，本来目的非常简单，却让人们搞得不像喝茶，我以为这就不是茶的本意。茶本简朴天然，算得上是大自然对人的厚赐，可俗人却把它搞得乌烟瘴气，失去了茶之本性，我以为这就是时人对茶最大的嘲弄。

　　泡茶无非为了饮，人们可以讲究泡茶之过程，也可以欣赏泡茶之美，但在本质上，都为一个目的，那就是喝。喝茶不只为了止渴，还可品赏，更为甚者，便是斗茶。品茶可先观其色，闻其香，再品其味；亦可一品再品，反复咀嚼回味，感受其中的奥妙与况味。斗茶就更是如此，冲泡讲究，茶具讲究，饮法亦十分讲究，似乎只有穷究细查才可知晓好茶的妙处。宋人是极讲究的，所以茶贵比黄金，连茶具也是价值连城。如今，我们也堪比宋人，一斤好茶的价格常常也是令人咋舌，动辄十万元以外。数千元一斤的好茶更是屡见不鲜！也许，正是基于这样一个背景，讲究茶艺也就成了一种必然。

想起过去那样一个吃不饱穿不暖的时代,喝茶又何曾有艺? 虽然也是见客就泡茶,但那都是些粗茶,要么用一个大大的瓷茶壶,要么用一个大碗大杯,抓一大把粗制的绿茶扔进冲上开水便是,何曾有过这些穷讲究?特别是自己家人喝的茶,那更是粗糙得如今难得一见。茶是晒干的野山茶籽的壳;茶壶是以往农家常见的那种带嘴的酱釉大陶罐,足可装十斤的水;没有茶杯,只用吃饭的大碗,扣在陶罐口上。每个夏日早晨,我们煮沸了井水,直接往茶罐里扔几把茶籽壳,再冲满沸水即可。在记忆里,我印象最深的就是这种茶,这种茶甚至不叫茶,但却甘甜可口,特别是在炎炎夏日,喝上一大碗罐里的冷茶,那真是止渴,让人难以忘怀! 在农忙季节,这大茶罐便常伴随我们左右,在挥汗如雨的劳作现场,在田间地头小憩的间隙,都可见它的身影。这种茶籽壳泡出来的茶不苦不涩,有茶的清香甘甜,又极为止渴,而且还耐放,不易馊,所以才饱得我们农人的喜爱。

如今,人们已经讲究到用这种茶籽壳作燃料来烧山泉水,再用这种水去泡茶,据说,这样泡出来的茶才是最顶级的。我不知道人们是如何发明出来的,更不知道这是否有什么科学根据,但我们过去也确实曾经把那些过剩的茶籽壳作为燃料来煮饭,大概是当时的感官还没有敏感与发达到这种程度,所以我们也没感觉到这样煮出来的饭有什么异样。

想来,所谓的茶艺也就是这样不厌其烦的穷讲究,是人们饱食终日后无所事事的瞎折腾。当我们看着一个个身着旗袍的美女用纤纤玉手有条不紊地展示着泡茶"十八式"时,我们又何曾不感慨:谁说泡茶没有文化呢?我们古代的文人早就把它诠释得淋漓尽致了。就是这么一个简简单单的泡茶,我们古人早已赋予了它非常丰富的内涵。什么"孟臣淋霖",什么"乌龙入宫",什么"若琛出浴""关公巡城",什么"韩信点兵""三龙护鼎",都是典故与文化呀! 如果不细究,我们粗人可真是不明就里,稀里糊涂了。

来到福安还是第一次,但福安茶艺团的名声却不绝于耳。大家都在说福安茶艺如何如何好,茶艺小姐又是如何如何漂亮。听着上上下下都把溢美之词毫不吝啬地送给了这个茶艺团,我心里也不禁犯起了嘀咕:这是怎样的一支队伍呢,竟会倾倒如许多的观赏者？也就在茶艺团表演的前一天晚上，我采访了政府咨询委员会的郑万生老人。郑老师给我认真介绍了福安茶艺的特色，以及组建茶艺团的前前后后。末了，他还不忘由衷地对我说：那些女孩可真是漂亮，小傅你一定要看看。这下，我的胃口还真是被他吊了起来，瞧他说的，那些女孩不过就是当地幼儿园的老师临时组成的，也不至于竟成了天仙了吧？

于是，我便怀着一种期待的心情在等待着福安的茶艺表演，因为听说福安茶艺团正在上海表演茶艺，要明天才会回来，也还不知道是否能够赶上明晚的演出。另外，我也确实想看一看这个名声在外的独树一帜的茶艺团，它是如何把茶艺与文艺表演结合在一块的。特别是郑老师提到的那独特的"宝塔茶"与"新娘茶"，我倒想看一看，她们又是如何展示的。当然，在心底里更想印证一下，这些大多数都已成了家的幼儿园老师，难道真如他们讲的那么神？

茶艺表演在第二天晚上如期举行，规模与阵容确实有点让人吃惊。清一色美丽齐整的十来个姑娘袅袅娜娜地走出来，举手投足温文尔雅，贤淑大方，泡起茶来也是丝丝入扣，招招到位。然而，大概是因为工作关系看多了演出的缘故，我并没有惊艳的感觉，相反，甚至觉得她们的表演还略显粗糙，完全可以排演得更精致更到位。当然，若仅是从业余选手的水准去要求，那她们无疑是出色的。更何况，她们都只是在上课之余家务之余偶尔练习而成，又常常马不停蹄地奔走在各式各样的场合需求之中。表演的节目还算得上丰富，至少比单纯的茶艺展示好了许多。加上独出心裁的"新娘茶"与"宝塔茶"的茶俗表演，赏茶得到了一种有趣的升华。原本很普通很常见的千篇一律的茶艺，由于带着浓郁畲乡风情的茶俗表演而推向了别致的境界。

"新娘茶"顾名思义是指一种婚俗，即"新娘献茶礼"，指的是新娘在举行婚礼"入门"后出厅向依次坐在厅堂的男家女眷敬茶。茶一般由冰糖、红枣、冬瓜糖、花生仁和少许茶叶泡成，每杯放一把银茶匙，以备搅拌，杯下有锡制的茶托，往往集十个到十二个为一茶盘，盘为锡制，长方形。新娘手端茶盘，依座敬茶，态度自然要彬彬有礼。此举不用说也明白，无非就是满足男家女眷们考察新成员的一种虚荣心，也是初次见面多多关照的意思吧。有意思的是，此茶礼本复杂得多，往往要四进四出，一进由

范宏亚作品

伴娘妈搀扶着出来,为鞠躬行礼;二进为献茶,三进由伴娘妈陪同,收取茶杯与红包,红包是女眷犒赏伴娘妈的,俗称"茶钱";四进又同一进,行礼,女眷离座,礼毕。在四进四出中,新娘每次都要换衣装,以显嫁妆的丰厚,因此,客人不仅可以品茶,还可以对新娘的服饰评头论足。这显然也正合了女眷们的胃口。

至于"宝塔茶",那就更加独特了。这种茶俗曾流行于福安松罗乡一带的畲族村庄,是指在迎娶新娘的时候,亲家嫂要向前来接亲的亲家伯敬"宝塔茶"。她们将五大碗茶叠成三层:一碗作底,中间三碗,顶上再压一碗。饮茶时,亲家伯要用牙咬住顶端的那碗茶,随手夹住中间的三碗,连同底层的那碗分别送给四位轿夫,他自己当众一口饮干咬着的那碗茶。要是茶水一滴不漏,显示功夫到家,便招满堂喝彩;溅了或倒了,就会遭亲家嫂们奚落。显然,这就是那个时代人们血肉相连的生活与习俗,这些习俗已经化为了他们生活的乐趣与心理的满足。生活中的习俗可以即兴发挥,可以随意延长,他们在其中找到了游戏的精神与乐趣,也找到了历史的记忆与礼仪的回返。说到底,他们是在向先人举行致敬的仪式。

在茶艺团略显简单的表演中,我还是品赏到了一种久远的仪式与记忆,正是这种记忆让我对茶艺团刮目相看。看着美丽娴静的茶艺小姐一眨眼变成了能歌善舞的露着肚脐的姑娘,又从充满异域风情的舞蹈一下拉回到乡土味十足的畲乡迎亲现场,从舞蹈到情景剧,从歌唱到茶艺,其间结合相当自然,着实让人有喝有看,有品有赏,有思有忆。至此,我才明白,她们为什么会饱受欢迎并常被邀请到各地去表演,她们又为什么能一次次地拿到那令人羡慕的荣誉。确实,她们付出的努力是别人所看不见的,她们以一个完全业余的职业从事着让她们引以为豪的追求。她们的生活因此而丰富,人们也因为她们的存在而记住了生活的美好。

我们在关中大地上只过一生

范超
现居西安,供职于某政府部门。

玉米

每一株玉米都不是单独来的,她们有青梅竹马的朋友,但是没有办法,这个朋友必须被狠心地拔掉,留下来的玉米有些忧伤,在比早晨更早的时候,她的眼眶里蓄满晶莹的一汪水,为你点亮清晨射来的那束阳光。

但是泪水很快就耗干了,玉米清楚自己一百多天的一生不是很长,一味地交给忧愁有些可惜了,她要最大限度地把自己的快乐挥霍完。不要小看玉米,她很快就会淹没你的脚,然后是膝盖。在这个时间,你一个人在地里锄草,草和玉米是一块来的,草和玉米说了什么你不知道,你把草锄去了,玉米又少了一些朋友,玉米在旁边挠你的脚,她们肯定在表白一些道理,你从来没有扎下过深深的根,你听不懂。你停下来的时候,感觉自己也在长,你身上有许多小的东西,手、脚、胆子呀什么的,在和玉米一起长,但是你永远长不过她们。她们看着你,说:来呀来呀,你抬头看看,忽然"扑哧"一声笑了。多么默契的时光呵,对于一株卑微的玉米来说,你的笑对她们很重要,她们的千娇百媚为了谁呢?还不是为了你,风里她们前仰后合,那是风给她们讲了一个笑话,她们把这快乐传递给你。雨来时她们悲凄流泪,那缘于雨讲了一个故事,她们的哭让你夜夜不安,你甚至每天晚上都能梦见她们,你记得每一株玉米的年岁,你看着她们一点点长大。

没有多少事的下午,你喜欢去和这些玉米待在一起,身段苗条的玉米有一种悠悠体香,这是天然来的,淡淡的韵味会让你诸多艰苦的日子在瞬间变得温馨可亲。你常常要大吸几口,没有一种化妆品的香味能与玉米的体香抗衡。玉米的发型也很迷人,一绺绺的辫子朝天冲着,碎花点点,风姿绰约,你走遍所有的美容美发厅都没有见过。抬高一些思想,你有些迷茫,自己究竟怎么养了这么一大群美丽的女儿。当你再冷静下来时,玉米已经"咯咯"笑着高过了你的头,遮住了你们的视线,置身于玉米地深处,你找不到自己的村庄,甚至连自己也找不到,你蹲下时就是一只青蛙,天空比青蛙看到的还小,你甚至就是那株被你锄掉千遍又长起来的草,大地上不断反复的事情只有你一个人知道,这时候你发现,只有玉米的根才将土地抓得那么牢。你习惯倾听大地痛快的呻吟和玉米分娩的声音,而当你脱颖而出时就会发现,大地上的玉米都是称职的母亲,裹着厚厚褓裸的儿子在母亲的怀里畅然入睡,微微的鼾声令你迷醉。在这些幸福的时刻,一户人家向另一户人家炫耀着丰收,一个村庄向另一个村庄展示着殷实。

接下来的时光,玉米靠回忆打发。她们会想起那些童年时代殇亡的朋友,甚至会陶醉在前世的姻缘中。她们这一辈子的爱情是绝望的,她们的爱情是在前生注定和消耗了的。那被风带走的爱人,她们一辈子也没能等回来,她们渐渐衰老成土,你不再将多余的目光投向她们。某个黄昏,你煮玉米糁子,将一株玉米秆塞进灶膛点着时,奇迹出现了,玉米秆这头股股地往出冒水,止也止不住,落得你满手满身都是,你害怕了,不敢再烧。这是玉米一辈子最后的泪了,在眼泪中她香消玉殒。看过她流泪的那个人从此为情所惑,很多年后,玉米的眼泪流成你的眼泪。

豆子

豆子从手中滚落时,没有声响,迅疾地连脚也未注意,豆子想逃离,圆鼓鼓的豆子一直在逃离,田野里有一些洞,你把它挖开,常常会忽然发现一堆豆子,黄灿灿的豆子,亮亮地灼烧你的眼,你还会看见更多的东西,包括恐惧,你来得太早了,拉回豆子的那个家伙出去还没有回来,呼唤豆子出生的风还没有转过神来,你突然就不知道该怎么处置这一堆豆子,在苍茫的大地上,一些流亡的豆子还要这样住多久。

更大范围的豆子们已经熟透了,连最后一抹夕阳的晒烤也是多余的了,豆子们怕见光,一律低眉顺眼小心翼翼地站着。不消阳光,明亮的月光也会让一不小心的它们离开睡床和屋院。生命在爆裂的瞬间会永远归于寂寥。这个时候多风,风从耳际和手指间吹过,抚弄得豆田里一片清脆呻吟之声,风要小小地,如果稍大那么一点,豆叶儿忍俊不禁就会飘走。豆叶儿从出生的那天起,就一直随风起舞,少有稳定的思绪,她一直在不由自主地拍打着自身所及的那个空间,身边一切滚动的东西都曾经带走她的念想。更为危险的是,在她年轻时,柔嫩的一掐一包水的日子,有那么一阵,蟋蟀曾经在她跟前不怀好意地跳来跳去,螳螂挥着大刀恶狠狠地盯着她,还有一些叫不上名的小虫子在她脸上一抽一动爬来爬去,这些骚扰者一度让她羞辱和惧怕至极,她曾想尽千方百计地逃离,她长大、伸延、喘息、哀求,但风没有让她走,雨没有让她走,风雨把豆花、豆荚都交给了她,一带就是好些日子,或者可以这样说,为了这些孩子,她稀里糊涂地就把日子过下来了。等到孩子们胖乎乎长大时,她发现自己也老了,皮肤上脸颊上长满了黄褐斑,已不再滋润如前,摸在手里肉乎乎的感觉已变作粗糙不堪了,她年老色衰心如止水,她其实已决定不走了,可是不走却不行了,风稍微大一点,她就步履蹒跚立脚不稳。一片一片地飞了,是飞了么?摇摇晃晃离开不远,大地把她们又唤回去了,她们安静地躺下来,听见豆子们在风里的吟唱,微颤过耳膜,是对她们的眷恋么?她们已管不了那么多了,一叶落而知天下秋,很快就会有一双大脚踩过来,当人老珠黄时,只有选择与泥土相亲相爱。

叶子掉光了，一地的豆秆濒临风烛残年，赤裸裸地举着手立在那儿，根扎得不深，人不费多大力气，很快就会把它们挪到乡场上和庭院的空地上，还没等她们三三五五爬起来喘口气，看看周围的状况，连枷劈头盖脸就砸了下来，连枷个子高高的，杆端的轴上连着两张粘在一起的车胎，在哭天喊地声中砸了个昏天黑地，直到一地血肉模糊，抱头鼠窜的黄豆们哆哆嗦嗦地聚在一起，偷眼瞧见身旁被拢在一堆的豆荚和豆秆们，个个体无完肤早已不成样子。更大的劫难还在后头，一些豆子很快就被拿去煮了，豆荚和豆秆在灶膛里噼哩啪啦，豆子在锅里一起一伏，经过几场变故，他才彻底熟了。但是在他们的内心深处，依然会存留有那么一点不甘和不合时宜。在烧火时，灶膛里的豆荚或豆杆时不时会蹦出一个火星出来，在你身上咬一个洞。豆子也是，你有没有剥一料新鲜的黄豆出来，你有没有看见它愣头愣脑的样子觉得好玩，你忍不住拨拉它几下，它有些偏，不按你的程序来，如此几下，你会不会生气，你用大拇指一使劲就可以碾碎身板还不太皮实的它，但是在那瞬间，你分明会感到一股逼人的"生气"从这个业已一败涂地的豆子身上散发开来，没有来得及逃离和流亡的豆子是很有些个性的，豆子熬成了浆，临了也是有些涩味的，豆子被爆炒过，也有硌牙的时候，豆子下到饭里，人是先吃豆子，往往是吃满一嘴，准备咽时，一只使坏的豆子会让你唾个一塌糊涂。

　　这片豆田旁边是一片玉米，当玉米长过豆苗时，有人在玉米脚边种了一些豆角，豆角秧缠着玉米，上升得很快，一串一串的豆角很快就被人拿去下锅了。很多天之后，在一个路边小店里，当豆子已经变成豆浆端上桌时，它看见了旁边那盘被干煸的豆角，在它们荣辱与共的当儿，一定会想起那乡间地畔上互相嘲笑的往日罢，过去的永远过去了，而结果却永远一致，在人的世界里，豆子的事情小的像豆花一样不值一提。

见证水稻

刘先国
现居长沙,供职于湖南省公安厅。

　　第一次下田插秧是在白果园,当时几岁我记不清了,只知道自己很小。泥不深,却淹到了我的膝盖,每挪动一次脚都很费劲。挽着的裤脚总是往下滑,弄了一裤的泥,连裤裆也湿了。娘并没责怪我,反而说小孩子初学干活都是这样的。我按照娘的示范插下了一生中最初一行秧苗,娘表扬我有种田的天赋,比大哥强。我别说有多高兴呢。见二爷挑着一担秧从田埂经过,望着我"嘿嘿"地笑:"牛轭上肩了"。我嘻嘻一笑。我并不完全懂得这句话的含义,以一种游戏般的态度接受了一种命运的到来。

　　若干年后,我才体会到这句话的沉重。这一年双抢,我跟着娘和大哥插秧。我有时偷懒,借故在田埂上歇会儿,到圳里泡泡水,娘很宽容,没有责怪我。而他们一刻也舍不得休息。我已隐约知道,全村人在同季节抢时间,全家人在同全村人争有限的粮食。明年春天饿不饿肚子,饿到什么程度,就靠这一分一秒的劳作。我记住了娘说过的话:"孩子,你可以哄娘哄爷,可哄不了田地和庄稼。"种田和读书都是一个道理。我是一个懂事的孩子,没有因为大人的宽容而更多地偷懒,把懒偷到娘能容忍的限度。

我跟着大人把最后一丘田插完秧才上岸。最后一丘是庙背后的四公丘，原本是秧田，所以拖到最后，最边上还剩半厢秧。这秧种子撒得稀，还没插就分蘖了，长得很粗壮，我们平常都不喜欢扯这种秧，扯起来伤手。一些妇女一边扯一边唠叨："这是什么鬼秧，从没见过。"插秧时，见二爷吩咐：一株只插一根。一些老人犯嘀咕，自从盘古开天地谁见过只插一根的？一根独苗能结几粒谷？

第二天，大人们去挑草和干其他的农活，娘要我休息一天，我在水井旁的柏树下痛痛快快地乘了一天凉。我想，种田不过如此，我已学会插秧了，明年我要去参加收割，再大点就去学犁田、耙田、育秧，我的将来和见二爷一样是种田能手。

秧苗刚插在田里是青色的，经太阳的烘烤，变成黄色，叶尖枯了，卷了。一些叶子伏在水中，烂了。我看着心焦，生怕它缓不过劲来，死去。娘说，没关系的，秧插下去都是这样的，返青有个过程，就像人动了手术有一个恢复期。在一天一天的等待中，歪着的秧苗终于长正了，叶子返青了，我舒了一口气。我每天站在田埂上张望，远处的水被禾叶遮了，能看见水的范围一天比一天小，最后眼前也看不见水了，远近都是一片碧绿。一天早上我看见整齐的禾苗上伸出几片长长的剑叶，第二天又增加了一些，第三天更多了。娘告诉我禾苗就要长胎了，剑叶里面正在孕育着稻穗。别的叶子有一滴露水就压弯了，就像毽子上弯弯的鸡毛，而剑叶坚挺而有力，斜着或正着伸出去，直直的，真像剑，像父亲伸出的手掌，上面吊着一只蜻蜓，吊了一夜，也不觉得累，没有改变剑的姿势。一年的丰与欠，就看它立不立得住了，一枝壮实的剑叶就意味着一串沉甸甸的稻穗，有经验的耕者从剑叶上就能判断年成的好坏。见二爷望着田间，捏着胡须说：明年春上不会饿肚子了。

也是从这年开始，我喜欢看水稻的长势，每隔一两天，禾苗就会变个样，看到它们长高了心里就高兴，就像听到大人夸我长高了一样，喜滋滋的。有一天我看到屋前的田里被牛吃了两棵禾苗，心里急坏了，连忙跑去告诉队长见二爷。以后每到放牛的时候，我就守在田边，只要看到牛有吃禾的苗头，我就高喊着："灾牛！"举起棍子抽它的屁股，直到把牛赶到山上才放心。一天早上，我在田边捉蜻蜓，一只红蜻蜓挂在禾叶上，我猫着腰接近蜻蜓，当我用手捏它的尾巴时，飞走了。我叹了一口气，很惋惜地

范宏亚作品

看着蜻蜓飞到田中间去了。这时，我看见一片禾叶从中间折下去，像叠纸一样叠在一起，中间夹着一个虫茧。我又发现不远处有三片叶子被一个虫茧粘在一起。娘正在菜园里摘辣椒，我对着她高声叫道："娘，禾长虫了！"娘没理我，我跑过去，急得成了结巴："娘，禾长……长虫了，快告诉队……队长！"

第二天一大早，我睁开眼就往田野里跑，我担心禾苗被虫吃坏了。井眼边田里，队长见二爷戴着白色的口罩，左肩上斜背着喷雾器，右手握着喷雾器杆子，朝禾苗上喷药。风正向我吹来，夹着一股很浓的农药味，刺得我打了一个喷嚏。圳坎上，技术员五哥正弯腰往喷雾器桶里打水，耳朵上挂着一个泛黄的口罩。我捏着鼻子走过去，五哥拧开一个茶色的农药瓶往桶里倒药，桶里的水立即变成白色，浑浊起来。五哥把喷雾器药桶盖上，摇晃几下，像给自行车打气一样往药桶里打气，用劲时双手压着打气的手柄，屁股缓缓地往下坐，就像腰痛坐不下去一样。我在一旁屏住气，暗暗为他使劲。打好气后，五哥拧开开关试了一下，喷头上喷出的水散开成喇叭的形状。他估计气打足了，背起喷雾器下了田塘。

我站在田埂上看他们打药，五哥说农药有毒，要我走开。我没有走开，只是站远一点。看着他们打药心里觉得踏实。

没过多久，我听到田里有水响，低头一看，一条泥鳅昂着头在水里窜动。我趴在田埂上用手去捞，泥鳅在手心里跳了一下，藏到浑水里去了。我才站起来，那泥鳅又窜了出来，一头扎在禾苑上，头被卡住了，尾巴扭了几下就不动了，身子软了下来。我把泥鳅捧起来放在田埂上，泥鳅不动了，死了。我沿着田埂去找泥鳅，在田坝口，五六只小鲫鱼翻着白生生的肚皮躺在水底，我一阵惊喜，跳了下去——拣到田埂上，用黄鳝串子串起来。我正高兴，五哥背着药桶来配药，我把鱼举得高高的向他炫耀："有一餐好菜了。"五哥说："有毒，吃不得，赶快丢了。"我舍不得丢，提着往回走，走到半路上才丢进圳里，眼睁睁地看着鱼被水推走了。

傍晚的太阳像月亮，看得出走动的速度，不像中午定在天中间一动不动。它接近山尖时，有下滑的感觉，只剩一半时，我眨了一下眼，它便跌了下去。天色像晃了一下，暗了许多。这时，晒谷坪响起一阵哨声，队长见二爷拖着嗓子叫喊："今晚发灯照虫啊——"一连叫了几遍。我冲进屋里,对娘喊:"我先去占地方,"夹着两条骨牌凳就往外跑。我是第一个赶到田塘的,我把凳子放在台盘丘和半月丘,以此宣告对这两个地方的占领,其他人看到凳子就会选择别的地方。在我返回的时候,其他人才出来,有壮劳力,也有老人和小孩,田埂上到处是人,就像那些躲在地道里游击队,突然从地底下冒出来,投入一场围歼战。我一路小跑往回走,在朝门口遇到娘,她拿着两个脸盆和两盏煤油灯,我说:"娘,给我。"娘把脸盆和灯交给我,吩咐我慢点,别摔了。我有一种别娘出征的感觉。

我是跑着来到晒谷坪的。队长见二爷在为各家各户分发煤油,已围了一堆人,乱哄哄的,唧唧喳喳像麻雀叫。我领了煤油,把灯盏放在盆里端着,很小心地端到台盘丘。我装了半盆水,在水中滴了两滴煤油,把盆搁在凳子上,在盆里放个石头,再把灯放在石头上。我在衣服上擦干手上的水,把灯点上,一个陷阱就这么做成了。有点小风,灯焰轻轻地摇摆着。一只飞蛾倏地扑向灯焰,跌进盆中的水里,翅膀扑打几下就被煤油粘住,动弹不得了。我顿时有一种初战告捷的喜悦。我以最快的速度,把半月丘的灯也点上。

夜里,我独自坐在朝门口歇凉。天上没有月亮,有许多星星,我可以猜想到天空很干净。远处,隐约可见山、树和房屋的影子,窗里的灯或明或暗。田塘里到处是煤油灯,散乱地分布着,就像有人顺手从天上抓了一把星星随意撒在地上。禾苗隐去了,看不见了,只有灯。那灯,近处几盏能看见灯焰,远处的就只有一团亮了。我盯着一盏灯看,一时明一时暗,有时以为被风吹灭了,一眨眼间又亮了。蛙声、昆虫的叫声纠合在一起,连成一片,像煮了一锅粥,细听便能分出层次来。如果把蛙声比作漫天的星斗有明有暗有密有疏,那么虫声就是用星星融化成的银河,是一片微亮的光,分不清彼此。虫声就像遍山遍野的灌木,是山林的背景,蛙声就像长在灌木丛里松、柏和杉,是山林的主题。虫声就像除夕的鞭炮声,蛙声就是烟花了,一低一高,一密一疏。想着想着,我越加觉得这田野的神秘了。突然,高坎下一阵水响,由近而远,乱作一团似的,也许是田鼠在追赶猎物,也许是蛇与青蛙的一场厮杀。此时,我猛然意识到,那些虫子正在一口一口地啃咬水稻的叶子,咬出一个一个洞,把叶子的边沿咬的像锯齿一样。有些把禾叶卷起来,用丝缠着当被子盖。有些把卵产在叶的背面,产了一大堆,大肆储备后备军。而我们却找不到它们,只能用煤油灯来诱杀,它们会上当么?夜深了,有些灯被风吹灭了,有些灯油耗尽了,灯越来越稀了,每灭一盏灯,我心里就惊一下。田野里只剩下十几盏灯了,我放在台盘丘的灯还亮着,我望着它,希望它能坚持得久一点。但它慢慢地暗下来,灭了,我心咯噔一下。我一直等到所有的灯都灭了,田野里一片漆黑。

第二天一大早我就起了床,看我放的灯照了多少飞蛾。队长见二爷和记工员先蓼在数飞蛾了。我放在台盘丘的灯照了五十三只,盆里几乎浮满了死去的飞蛾,半月丘的也有二十四只,总共七十七只。每十只一分工,我得了七分七厘工。我想今天多做几个灯,把所有废弃的墨水瓶都找出来,做成灯。

全队男女老少放下手头的工,都下田摘卷叶虫,一连摘了四五天。全队分三组,一组在二坝上,一组在黄桶塘,一组在屋门前。我随着父亲在屋门前。我们成一字形开过去,就像工兵探雷一样,不放过一只卷叶虫。有些禾叶拦腰折叠起来,被虫子用丝缠成一个茧,虫子就藏在里面。有些把三四片叶子缠在一起,像打了一个结。不知虫子用什么办法把散开的叶子扯拢来的。有茧的叶子都黄死了。我的篮子里已摘了几十只茧了,也就是几十只虫子,我不知道虫子是什么模样,好奇地把一个茧撕开,虫子被撕断了,流出一股绿色的液体。我觉得好恶心,连忙把它丢出去好远。父亲说有毒,叫我赶紧把手洗了。我连忙抓了一把泥巴,就像用洗衣粉搓手一样,把手掌、手背、手指缝里细细地搓了一遍,再用水洗净。我将手上水甩掉,水珠从手尖上飞出去,有些落在禾叶上,圆滚滚的滑落下去。我将手送到鼻尖上嗅了嗅,没有什么气味,便在裤子上把水擦干,放了心。见二爷一手插进泥里,从禾蔸里扳下一枝枯死的禾苗,从蔸部像剥笋子一样剥开,一条淡青色的虫蛹露了出来,掉了下去,浮在水上,惊慌地扭着身子。见二爷一脚把它踩进泥里,摇了一下头,叹了一口气,说:"这钻心虫最厉害,一条虫就糟蹋一根禾线(稻穗)。"说完又去扳另一枝枯死的禾苗。父亲颤着嗓音说:"今年的虫灾来得这么猛,种了几十年田从没遇见过。"七十多岁的满爹附和着说:"别说你没见过,我十岁开始种田,六十多年了也没见过。"见二爷用一双忧郁的眼睛了望着田野："打了这么多农药怎就没有用呢?"远处,技术员四哥哥带着几个人在黄通塘打农药,有打水剂的,有打粉剂的。打粉剂的药粉飞得老高,就像撒石灰似的。我们摘虫包的这片田里前几天就打过农药了,泥鳅、小鱼、青蛙、蝌蚪死了无数,一不小心就踩上了。见二爷叹道:"这农药怎么就光杀泥鳅不杀虫呢?"

正在说话间,技术员五哥哥弯着腰捂着鼻子,从老院子前的石板路上走过来,江泽伟跟在后面,不时赶上去扶着他胳膊,径直朝老水井走去。我们都停下活来看着,五哥哥的老婆拖着嗓门问:"怎么了?"江泽伟答道:"五哥鼻子出血,很厉害,止不住。"五嫂丢下手中的活,跑了过去,见二爷也跟了过去。我和几个小朋友也跑去看热闹。我看到石板路上滴了一路血,不到一步远就有血滴印。五哥哥蹲在井沿边,捧着凉水洗鼻子,井水给染红了。五嫂醮着水在五哥哥后脑勺和脖子后面轻轻地拍着,据说用凉水拍这个部位能止血。见二爷说:"赶快去扯点冷菜来!"五嫂忙到田埂上扯了一把冷菜,见二爷说:"田埂上的要不得,有农药。"五嫂把手中的冷菜狠狠地摔在地上,嚷着:"农药农药,到处是农药,总有一天人也会像泥鳅一样被害死!"她跌跌撞撞地跑到坟山上,扯了冷菜来,摘了一些嫩叶子,揉得软软的,捏成小坨,叫五哥哥仰着头,把冷菜塞进他鼻孔里。没多久,冷菜被染红了,有血滴出来,五嫂又换了些新的冷菜塞进去。这样换了几次才止住血。

五哥哥坐在井坎上,胸前的白布衣服被染红了一大片。五嫂在一旁心疼地看着,责怪着:"天天在家说鼻子痛,还说是螨虫,分明是农药害的。"

"女人家懂什么?"五哥哥瞪了五嫂一眼。

"明天别打农药了,我再安排人打,你到医院去看看,"见二爷在一旁劝说。

五哥哥说:"没关系,忙了这儿天再去,别人请不起。"

我看五哥哥的鼻子有点红肿,红得发紫,随着血水出来的不像鼻涕,像脓。

天快黑了,五哥哥起身回家,才走两步,双手捧着脑袋说头晕,五嫂忙扶着他。见二爷站在高坎上对着田野里干活的人喊:"收工了——,今晚继续发光,各家各户到晒谷坪领煤油。"

我飞似的跑回家里,用篮子提了四盏煤油灯就往晒谷坪去。坪里已围了十来个孩子了,闹哄哄地叫着:"快给我们发油啦!"保管员杨满爷一边干活一边说:"不要急,乘天没黑,我先把我的黑武器弄好着,我这黑武器一晚上可以照几千个上万个飞蛾。""哇——""骗人!"有些小朋友惊讶,有些却不相信。

在晒谷坪上手边的田里竖了一个木架,顶部是一块板凳宽的木板,木板下安了一根日光灯,架子中间架着一口大黄锅,有簸箕那么大,装了大半锅水。杨满爷在架子前忙了好一阵,说好了好了,走到变压器前把电闸合上,那日光灯闪了几下就黑了。杨满爷走近木架,捏着启火器拧来拧去,日光灯一明一暗地闪着,就是不亮,拨弄了好久也没搞好。坪里人越来越多,来了一些大人,都在叫快发油。杨满爷叫道:"启火器坏了,先给发油吧,发油了。"

我领了油,刚发起灯,娘就在朝门口叫我吃饭了。

吃了饭我就横躺在床上睡了。睡得正香时被吵醒了,杨二娘从我家亭子里经过,大呼小唤起来:"不得了啦,杨满爷给电死了。"娘"哎哟"一声,一盆水失手落在地上。我的瞌睡一下醒了,立即想到那架黑武器,爬起来就朝晒谷坪跑去。坪里围满了人,杨满爷的老婆满地打滚哭,头上黏满了稻草。三个女儿抱在一起,叫喊着父亲。妇女站在一旁揉眼睛。杨满爷躺在竹垫上,右手弯曲着竖在胸前,僵在那里不肯放下,脸上盖着一叠钱纸。我的心一下紧了起来,忙抓住娘的手。

那木架上的日光灯亮了,白得刺眼。木架的一侧挂着杨满爹家的马灯。那黄锅里浮着一层飞蛾的尸体。

第二天,队里安排人为杨满爷办丧事。

五哥哥没去医院,继续到黄通塘打农药,任凭老婆怎么劝都无用。社员继续排着横队,卷地毯式地开过田野,摘卷叶虫包,捉钻心虫。晚上,依然发光照虫。这段时间就是与虫较量,从虫嘴里抢夺粮食。

半夜里,我被急骤的敲门声惊醒。娘去开了门,五嫂急得直喘粗气,对我娘说:"三娘,不得了了,我男人好像不对劲呀,深更半夜爬起来唱歌,是不是脑袋痛坏了?"娘说:"别急,别急。"便随着五嫂出去了。五哥哥就住在我家隔壁,我听到"啪"的一声,好像什么东西摔在地上,碎了。我吓得弹了起来,坐在床上。接着又是"咔嚓——

嚓",什么东西被折断了的声音。停了一会儿,五哥哥唱起《智取威虎山》的选段:"我们是工农子弟兵,来到深山要消灭反动派,改地换天几十年闹革命南北转战……"那声音是尖叫出来的,怪怪的,我听得全身麻兮兮的,赶忙找父亲,家里不见一个人,我吓得尖叫起来。我在五哥哥家禾塘里找到父亲,这里已围了一堆人,都不敢进去看看。五嫂急得直哭:"怎么得了,怎么得了。"不停地重复这句话,其他话都不会说了。突然歌声停止了,屋里没有一点动静。几个男子汉轻轻摸进去,用手电筒往里照,冷不防从里屋抛出一个砖头,正砸在水缸上,水缸被砸烂一个大缺口,水"哗"地流出来,流了一地。几个男人又缩了回来。屋里又传出五哥哥的歌声:"……到这里为的是扫平威虎山!"

天已经微亮了。亮了。太阳出来了。

五哥哥从屋里冲出来,直奔田野,在田埂上走走停停,一边唱戏,一边做着戏里的动作,声音已唱哑了。他抱着脑袋,蹲在田埂上,又用拳头捶自己的额头。突然站起来指着田里喊:"钻心虫,打敌敌畏!""稻飞虱,打六六六!"不知喊了多少遍。

见二爷找了几个商量:"快送医院,不然会痛坏人的。"

见二爷慢慢接近五哥哥,走几步,五哥哥就走开几步,始终保持着他认为的安全距离。见二爷急得直搔头发。他跑回家里,拿来一架喷雾器,对五哥哥喊:"五伢子,打虫去,来拿喷雾器。"见二爷拿着喷雾器走向五哥哥,五哥哥也朝他走过来。见二爷一把抱住五哥哥,几个年轻人赶紧跑了过去,将五哥哥架住。

五哥哥被绑在竹椅上,用两根竹竿抬着,两边有人护着,送往县医院。五嫂提着些衣服和日常用品,跟在后面。五哥哥在椅子上挣扎着,绳子勒进了他的肉里,他一路叫喊着:"稻飞虱,打六六六!""钻心虫,打敌敌畏!"

见二爷说:"我应该叫他早去医院就好了。"一连说了几遍,眼睛都红了。

在这场人与虫的交战中,人失败了。作为地球的主宰,脸上无光。稻子成熟了,田野的基调有了微妙的改变,往年是金灿灿的,仿佛有光在流动,而今年,颜色变暗了,失去了光泽,像一张肝炎病人的脸。禾苗瘦了,稀了,填不满人类给它预留的空间,露出了黑色的泥,就像衣着褴褛的女孩遮不住长满污垢的肚皮。一些老水田浮满了青色的或暗红的浮萍,将水面盖得严严实实的,有些爬到禾蔸上去了,演绎了一场自然界此消彼长的法则。多数叶子枯了,或卷着,或仄着,一副人穷气短的样子。一些稻穗短短的,轻轻的,夹杂有黑色的空谷壳。一些稻穗没成熟就死了,高高的撑起白色的空壳,太刺眼了。社员都阴沉着脸,不忍多看一眼,只有见二爷常到田埂上走一走,就像看望病重老人,尽最后一番心意。我跟在见二爷后面,心里沉甸甸,觉得自己也有责任,要学的东西很多。

见二爷召集全队社员开会,说,秋后多种些萝卜、白菜和麦子。红薯不要都喂了猪,多挖几个窖眼窖起来,留着明年度春。所有的土都种上麦子,川坳岭有一块荒地,把它开垦出来,也种上麦子。粮食要节约着吃,过年都不准请客。他说得眼泪都快流出来了,实在说不下去了,宣布散会。

一天中午我放牛回来,看见庙背后的臭树林里围了一堆人,我赶紧跑过去看热闹。那些人围着四公丘指指点点,脸上出现了久违的笑容。见二爷蹲在田埂上,双手捧着几枝稻穗,嘴角都笑到耳根上去了:"多么壮实啊,我怎么就没看见呢?都一个阳春了。"几个人都附和着:"我们也没在意,都只顾打农药捉虫子去了。"我也被眼前的这丘稻子惊坏了,它好像来自另一个地方,没有遭过一点虫灾,苗子长得又高又粗又密,没露出一点泥和水,边上的禾苗被挤了出来,将田埂遮了多半,长长的沉甸甸的稻穗都贴在田埂上了,而叶子仍然很粗壮,像举着的剑,坚挺着,更奇的是稻谷已熟透了,而叶仍是绿色的,还有很旺盛的气力。

有人问:"这是什么品种啊?"

"叫什么三……三系,"见二爷结巴了半天才说出来。

"明年都种这个品种。"

"对,都种。"

大家都觉得有了希望,我也是的。

我们都不知道"三系"是什么,后来才知道就是杂交水稻。

鱼

张羊羊
江苏省作家协会会员,现居江苏武进。

我对汉字的审美,大概符合唐时对美人的审美标准:丰腴。一旦减肥了,就感觉上吐下泻吃错药般病恹恹的。我喜欢看繁体字,像极了一张农业中国内容丰富的田野的脸,有亲近感,也会觉得自己更有来处些。汉字的唯一性有其神秘而不可昭揭的地方。其他不说,我用草书填籍贯江苏的"苏"字,就有草草办事的感觉,以前的"蘇",写起来眼前就浮现出青草繁茂的乡野,水里的鱼和稻田里的禾相邻,密密麻麻的景象似乎才配得上"鱼米之乡"这个称号。

这些年去了不少地方,对各地风靡的泉水鱼、酸菜鱼之类几乎不屑一顾,看那菜的品相已经破坏了我的食欲,我估计这些菜的出处大多来自不产淡水鱼和少产淡水鱼的地方,由于运输的问题鱼无法保鲜,就想办法用辅料、佐料来提味,我觉得这些地方的人们从一开始就缺少了对鱼之鲜的基本认识, 所以他们的期待指数远远停留在出租车的起步价上。记得有年去一地,好客的朋友热情地说,今天得来条鱼了。上来一看,红烧鲫鱼,在我家乡,鲫鱼与鳊鱼、草鱼、鲢鱼之类均属于最普通的家常菜。常州北依长江，南枕太湖，所辖的武进有滆湖，金坛有洮湖，溧阳有天目湖，另有数以千计的大小湖泊、河流、池塘镶嵌交织于在乡野村落间，产的水乡鱼品种就近百余种。

许多年前，苏东坡大饱了江南水中珍品鲥鱼的口福后感叹"芽姜紫醋炙鲥鱼，雪碗擘来二尺余。南有桃花春气在，此中风味胜莼鲈"，读这诗就挺馋的；许多年后，若想品尝野生刀鱼、鲥鱼、河豚此长江三鲜已经近乎奢望，诸如鳞白如银的外形和骨软如绵的内质皆变成了一代人的美好记忆。至于原因，无非是泛滥捕捉以装胃这只无底的口袋所致，即便濒危禁捕，仍有渔民经不住高额利润的诱惑甘作食客的帮凶。于是成了如今现状：我国从 2002 年起，从美国引进了鲥鱼，当时引进的是鱼卵，一粒鱼卵卖到 1 万元人民币，再加上其他成本，"到岸价"高达 2 万元人民币。

然虽此三鲜与长江渐失亲缘，孕育吴越的太湖依然恩赐着滨水而居的子民另三鲜：白鱼、白虾、银鱼。银光闪烁的白鱼细骨细鳞，肉质细嫩，鳞下脂肪多，酷似鲥鱼，是太湖名贵鱼类；无鳞、无刺的银鱼更无腥味，营养丰富，二寸余长，圆润透明，像极一根根悦目的洁白玉簪，亦为太湖名贵特产；白虾通体透明，也称水晶虾，壳薄、肉嫩，鲜美无比，若作本地传统名菜"醉虾"，上桌时还鲜活蹦跳，鲜嫩异常，此虾即便晒干后去皮，也还是名贵的"湖开"。

"太湖三白"与"长江三鲜"都属性娇之物，大都离水即死，因此虽然这座城市里以"鱼舫""渔庄""渔村"为缀名的饭馆一个挨着一个，你还是得往江、湖边的小渔村就近享用才能得其"鲜"的真谛。正因为其鲜，也就无须多放佐料、多琢磨制作方法，清蒸白灼略撒几粒葱花即可，色、香、味的话我说的都不能算数，只得由食者亲临体验视觉、嗅觉、味觉的三者交融。

也正因为"长江三鲜"和"太湖三白"的名贵，它们还是走不进寻常百姓家的，但老百姓依靠着先民智慧的积累，在普通鱼类中下工夫，竟也能悟出"青鱼尾巴鲢子头"的家常菜，并逐步作成了本地的名菜。典型的就有"溧阳天目湖鱼头"和"戴溪青鱼"。

"天目湖鱼头"早已闻名遐迩，品尝过的食客更会挂在嘴边津津乐道。"天目湖鱼头"有着得天独厚的地理环境，天目湖周围山体的绿色植被过滤了湖水，湖底又为沙质而非淤泥，这造就了清澈甘甜、纤尘不染的天目湖水质，其中生长的鱼类也没了土

自家食粮

范宏亚作品

腥味。天目湖砂锅鱼头始创于江苏常州的天目湖宾馆，据说以前水库职工把鳙鱼捕上来，给客人作下酒菜，由于胖花鲢太大，烧时主人常将肉不多的鱼头斩下扔掉。水库有一老书记觉得可惜，就将鱼头捡了回来，放在锅里煮汤喝。经过几年的摸索，煨出的鱼头，味儿越来越鲜美，汤浓如乳，香气扑鼻。再经过从部队转业来到水库食堂当炊事员的朱顺才近三十年的精心烹制后，现在已经成为了江苏最佳传统名菜之一。做天目湖砂锅鱼头选用的是天目湖水体中天然生养的大花鲢鱼头做原料，纯天然天目湖水为汤基，辅以葱结、生姜、料酒、香醋、香菜、胡椒等，撇除浮油，在火上煨煮数小时，一道汤色如乳、鱼肉白里透红、细嫩无比的砂锅煨鱼头就可以上桌了。

戴溪青鱼似乎更平民化。在资源匮乏的上世纪七八十年代，凡武进洛阳人家有红白喜事，餐桌上最后的压轴大菜必是"氽青鱼"。但随着青鱼饲养户使用颗粒饲料来缩短鱼的生长周期从而降低鱼的生产成本起，这种青鱼变得体形肥胖，肉质松软，一下锅就缩水，鱼肉酥散，难以夹筷，无论是外形还是口感，较之喂养天然饲料的青鱼逊色多了，青鱼的身价就此一落千丈，渐渐淡出餐桌、酒席。现在的戴溪青鱼又"游"回来了：在每天以螺蛳、蚬子等贝壳类为食物的环境下长大的青鱼，体形"结练"不虚肥，肉质硬实。春秋淹城的农家菜美食街有家"戴溪青鱼馆"，以8—10斤的新鲜青鱼加工而成，宰杀洗净后切成2—3厘米条状，加盐腌制一定时间，配以适当比例的佐料加工而成。红烧时，鱼皮被烤得酥脆，香气袭人；氽青鱼汤时，汁浓味鲜；作成鱼丸时，鱼肉滑嫩。但无论哪种烧法，只要是正宗的戴溪青鱼，随便用筷子夹一块鱼肉，决不会松散，味道鲜美而不肥腻。尤其以青鱼尾巴做的一道"红烧划水"，色泽红亮，鱼尾油润，肉滑鲜嫩，堪与鲜鱼翅媲美。

海边的人说海鲜有多好吃，我尝了感觉粗糙，就像海水咸湿没有淡水那样清爽。当然，我并没有强迫海边的人承认湖鲜、江鲜比海鲜好吃，这问题就像北方人说玉米窝窝比南方的米饭香，我却难以下咽，那是粗粮。只能说一方水土养育一方人，我是苏南秀水中"太湖三白"与"水八仙"的荤素搭配下滋养长大的，于是长成了"细粮"的体格和性格。

石头上的马

叶尔克西·胡尔曼别克
哈萨克族,供职于新疆文联理研室。

　　母亲说,七月了,该打草了。

　　父亲也说,是的,七月了,该打草去了。我们去打草。

　　之后的一天,我和父亲上路了。那天,父亲借来的场里的马,还借来了场里的那架平板马车。父亲把驭马往板车上套的时候,那匹毛色有点发黄的马,就高高地昂起了头,眼白占据了全部眼球,马脸上的肌肉紧地抽搐,鼻翼好像松软的皮套,呼哧呼哧喘着粗气。像一个吓坏了小少年,或一位胸口突然中了致命的枪弹,捂着流血的伤口,一步步后退着,向身后的悬崖绝壁倒下去的士兵。我看见了它眼里的恐惧与紧张,就好像它将踩空整个世界——这个英雄的士兵!黄马的被身体向后坐,紧张地退着。父亲就轻轻地说着:"驭!驭!驭!退,退!"父亲的声音,听起来,像场里的车把式,那个叫司马依勒的人。父亲发出这种声音的时候,我轻轻地松了口气,那驭马好像也轻轻地松了口气。它被架到马车的两根粗大的套杆之间,它点点头,从松垮垮的鼻孔里,发出声响,好像要把落在鼻孔里的尘土或小虫子什么的喷出去。然后,就见父亲摸索着,套了马龙套,扣了马车的绳绳扣扣。父亲很不专业,毛手毛脚的样子。父亲应该站在讲台上上课,拿着教鞭,敲敲桌子,偶尔用眼角狠狠地看看某个不听话的学生,应该更像他。

然后,黄马就带着我和父亲上路。我看见了头顶上那个名叫乔盘的星星。她明而又亮,召唤即将初升的太阳。我知道,在太阳出来之后,她把自己淹没在太阳的光芒里,像消失在海里的珍珠。

我们先下了小桥,上了场部那边的土路,然后,过了小河坝,翻上小山梁,再然后,就上了那条去将军戈壁的路。我们去打草!方向是场东南方向,近30公里远的地方。临走前,母亲婆婆妈妈地给父亲讲关于注意安全的话。无非是让他架车注意看路。妈妈说,人是鸟虫,三十公里的路,在虫虫世界,等同于三千里路云和月。

马车的车轮发出声响,我们走在沙石路上,车板上是一根把子很长的草镰,像一个很大的阿拉伯数字7,父亲用布包住了它的刀锋,将把用绳固定在车栏板上。之外还有一根约两拃长的小棍子,滚到我的脚边,又滚到车栏板上。它是一根奇怪的小木棍,像是被什么人用粗糙的手,打磨过,黑光油亮,光滑的不得了。我就想到了老车把式。这棍子,一定是在他割草,或敲碎什么东西时用过。也许是镰刀把,抑或是斧头把儿。它帮老把式做过很多事,只是现在,老车把式不用它了,又舍不得拿去架火,就扔在车上。哦,当然,也许老车把式还会用得到它。哪怕,敲打他的这匹驭马,抑或做别的什么用。不知道,一切无从说起。而此时此刻,我只知道,它在我的眼前滚来滚去,而我必须得控制好我自己,否则,也会像它那样滚来滚去,那将是很滑稽的事情。

父亲那里,没有歌声。我只看见他的背影。在他的头顶和一对宽大的肩膀上是又深又蓝的天空。没有一丝风,一片云。乔盘已经完全隐去。几个小时前,天空还是星辰倜傥。

这么大一片天地,属于我和父亲!

父亲说话了。他说那座山,叫巴勒布干,那座山叫黄羊山。

我问父亲,我们究竟去哪里?

父亲却用下巴指指前边的山,回答,那座山叫大乌斯泰,那座山,叫小乌拉斯泰。

那些山,远在地平线,像什么人家遗忘荒原的废墙,沉默而又孤寂。

我又问父亲,我们究竟去哪儿?

父亲用他的眼角看了看我,目光里有几分戏谑。就是那种,一个大人,自以为给一个小孩子隐藏了某个天机,到点儿,就给小孩子抽底亮牌的感觉。只是,在抽底牌之前,一个孩子,必须学会忍耐,麻烦自己的耐心。我无聊地闭了下眼睛,然后看远处的黄羊山。

父亲说,别急,我们要去的地方,叫艾尔海特!

听得出,父亲的语气里,带着几份妥协,依然有所保留。我就真的把目光投向遥远的黄羊山,那座看起来像一块三角石一样的岩石山。那山在空旷的天幕下,在无垠的将军戈壁上,在奢华的日光中,透出些许蓝光和紫气。好像很历史,很时空,也很沧桑的感觉。我看着它,用我大概只有十二年的人生积累,去与它抗衡。事实上,直到后来,我才知道,那个时候,我真是开始在学习忍耐,麻烦自己的耐心了。

我们的车继续向前。黄马带着我们向前。父亲偶尔挥挥马鞭,叫黄马快点走。事实上,黄马一直在很努力地走。虽然,从它的身后看上去,它的形象实在有失大雅,偶尔会排出一些秽物,或者用它的尾巴打掉骚扰它的牛虻。从它的身后,我们还可以看见,套在它脖子上的龙套。龙套是帆布做的,像一个肥大的马香肠。有几处烂了的孔,被缝过,还有几处,露出些许麦草。黄马走动的时候,我可以看见,龙套里边偶尔可以看见前边的山体和厚实的马腮。

父亲说,那个黄羊山,实际上是一堆大石头,一块接着一块大石头,层层垒垒。大概,它们本来就是一块石头,一个不知的原因,它们散开来。事实上,它们大得了得,差不多可以构成一座大城市了。有楼房,有街道。还有广场。

我没有见过城市,父亲见过,在我没有出生之前,他和我母亲就生活在大城市里。大概是为了我的出生,他们选择了这个有黄羊山的地方。所以,关于城市的话,尽管父亲自己去说,与我还是有些遥远。我没有见过城市。

父亲就又说,黄羊山那个地方,有意思的很,一口泉没有,却可以从石头缝里长出野大葱。不光如此,那还是牧人最好的避风港。春秋冬末,牧人转场的时候,遇到冰雪,只要人畜躲藏到里边去,准保万无一失,万无一死。父亲说,是的,他亲眼见过阿勒泰清河县的牧人,在那里躲避风雪灾害。那时,他跟着场里的人,在清河牧人转场遇灾时,给他们送去救济品。清河县的牧人从阿勒泰的高山牧场,赶着牲口,到天山博格达峰下的沙地过冬,最远的近七百公里,历时半年。路上遇个雪天,是常有的事。这么大的戈壁滩,总会有避风的地方。黄羊山,就成了他们的家。

父亲讲着他的事,大概讲他们是怎么去救济遭了灾的牧人。比如说,清河县属于地方,本来跟场部没有直接的关系。但是,大家都守着这一片天空,有灾有难的时候,彼此之间,伸手拉一把什么的。父亲大概还说了军地不分家之类的话。我只当是在听他的训话。但心里头却一遍一遍地焦虑,甚至有那么一点点伤感,就倒抽了一口气,好像受了委屈,却也对父亲的话半信半疑,也许他在夸大其词。父亲就看我一眼,又看我一眼。目光里,又有了几份戏谑。

父亲问,怎么,去救人有什么不好吗?

我笑笑,摇头。

父亲又琢磨我一会儿,然后也摇头,大概是在说,瞧你这个孩子,多奇怪呀!

我就说,爸,您刚才不是说过吗,那里一口泉也没有,人畜为什么要躲到没有水的地方去,也许,那才是真正的找死。

父亲就笑了笑,用马鞭指指天空,说,看,死不了。

显然,我又没有听懂。

父亲就说,傻瓜,雪呀,下雪呀,有雪了,哪还怕人畜没有水喝!要不然,这若大个内大陆,怎么会有牧人的足迹。

我听不懂什么叫"内大陆",但,可以猜出那一定是一个很大的地方,大概不会太远,就在黄羊山那边,就又看那柴气中的黄羊山。在黄羊山的那边,是更大的将军戈壁。再往前去,便是勃格达山。那年,我耳朵里掉进了一粒跳棋子儿上的小球,父亲带我去奇台。走过那里的路,看见过勃格达峰。那像打蛔虫的宝塔粮一样的山峰。

马车继续向前,发出声响,只为我们父女俩而鸣。我们进入一片黑色的乱石包,沿着松软的沙石路向前,就好像在一堆跳跳棋的格子里边。车板不再剧烈地晃动,那

范宏亚作品

根光滑的木棍，被卡在车板的缝隙里，一只黑色的鸟儿跟在车旁。一会儿，落到了山坡上，一会落到路边的一骆驼蓬旁。它叫着，小脑袋灵巧地转动，左顾右盼。然后，又一只鸟飞来，又一只飞来。它们在空中飞翔，只把翅膀一放一开，收紧着身体，像什么人射出的箭镞，或抛出去的石头。这样的飞行，让我目瞪口呆。它们简直是在胡闹。怎么就会一对好好的翅膀飞成那个样子。相比之下，一只蜻蜓，或一只蚊子的飞行，更像是在飞行。但是，它们是快乐的，像一坏少年。在我们到来之前，它们一定是躲在什么地方，然后，我们来了，它们出来了。只为它们的恶作剧。它们嘻嘻哈哈，蹦蹦跳跳。

太阳高高挂起，光芒万丈。

总是不断有一堆一堆石头片，垒就的小塔立在路边的黑色山包上。就好像一个孤独的人，缩着两只胳膊，无奈等待一个人的到来。那个人的到来必定是遥遥无期，而他必须等待，否则，会错过一生中一件重要的事情。他就那站着，我们这样的人，不过是他眼中的一位无聊的过客，一束流走的光阴，一声随风而去的笑声。他就那么站着，先是在我们的前方，然后，在我们的正侧方，再然后，是我们的后方，再然后，消逝在山影中。于是，又一个出现，又一个消失在山影中。

父亲说，那是牧人干的事。

我就想，牧人们竟会把游戏做到这里？就是父亲刚才说过的所谓"内大陆"这样的地方。内大陆！内大陆！

父亲就说，你可别以为，他们闲得无聊！

我就屏住了气息，像一只听涛的水鸟！

父亲说，那是牧人的路标。这些山，都长成了一个样子，还有这些路，也都长成了一个样子，还有，这些植物——这些红色的怪柳，这些骆驼蓬，还有这些开着小红花的麻黄草，它们都长成了一个样子。他们会把人的判断力搞乱，找不到回家的路。所以，得有这样的路标。然后，我就想到了在小人书上看到过的插图。不是那种大海里的灯塔。那种黑白木刻画的感觉，大海的灯塔里射出来的光，都像被刀子削过了一样，龇刺着，把又硬又粗的光芒，射向黑色的大海，让大海的波涛皮开肉绽。

父亲又说，这些石头，也许有的已经有好几百年，甚至于上千年了。

我就觉得自己快喘不上来气了。上千年！那竟然是千年以前的人做的事情?！我的关于游戏的全部经验，大概是在那一刻被颠覆掉了。一个牧人竟然可以把他的游戏玩到上千年，而我的经验却只有短短的几年。我想，自记事以来，大概关于时空的认知力，可能就是从那些小小的石头塔开始的。我知道了，在我之前，这个世界，有过无数个年!

我把自己在车板上放平，眯缝起眼睛，与天空的太阳对视。马车继续向前，黄马的蹄踏着松软的沙石地，很呵斥的样子，车轮的摩擦声，好像也越发的悠扬。耳边还有那几只飞鸟的叫声。偌大的将军戈壁只有它们三个在游戏。而空中的太阳，却一轮一轮地深下去，一层光亮之后，又一层光亮，姹紫嫣红。那姹紫嫣红，似明晃晃的水银，在太阳的脸上晃着，一不留神，就会从太阳里溢出来。我就想对父亲说，爸，您让马走稳点儿，再走稳点儿。小心那太阳，那太阳，小心马车把太阳晃下来……

但是，我却听到了父亲的脚步声。那是从马车上跳下的那种声音，厚实地落在沙石地上。

然后，父亲说，下来吧，我们到了。

父亲说这话的时候，我抬起头看父亲，他却处在一片黑暗之中。那黑暗中好像还透着墨绿色的光。妈妈染羊毛的时候，在清水里溶进颜色，就是这种感觉。我感到了些许的恐惧，这种黑暗的感觉，正在我的眼前向整个世界蔓延，天空，远山，都变成了黑色，原本寂静的世界，更加寂静了。那三只鸟的叫声也已经隐去。父亲在墨绿色的黑光中拉着马车，走向一处洼地。车板摇摇晃晃下行，而驭马有身体，准确地说，是用它那肥硕的马臀顶着向它俯冲的车体。父亲也把身体靠在马车的前把上。应该是一些尘土被我们扬起来。然后，我们就进入了一片草丛。我闻到了绿草的清香。

父亲，就又说，下来吧，我们到了。

我应该是被父亲从车板上抱下来的。因为父亲说，瞧，我的黄毛儿，已经变成夏羔了，重得要抱不动了。我揉眼睛，心里依然怕着。这黑色的，透着墨绿色的光!

父亲就笑说:哈! 你敢看太阳?! 当心哪天被阳光灼伤了你的眼睛。阳光里有紫外线，你这傻孩子，高原地区的紫外线是很厉害的。好了，你闭上眼睛好好坐一会儿，你这个傻孩子。

我就坐下来,闭上眼睛。

然后,我听见父亲卸了驭马。那马应该像一条水中的鱼儿一样,滑出车板的两根套杆儿。然后,肯定用它灵巧的马尾驱散向它围龙而来的苍蝇。再然后,它就迫不及待地低下头吃草,用它的牙齿咬断青草。它一定让它的嘴,碰着草根。我知道那种感觉。我从来就没有见过一匹马,会像一头骆驼,或一头长颈鹿去吃植物的枝叶。

几分钟之后,我睁开了眼睛。黑暗似已退却。马车就在我的身边,歪着身子,干枯的木板,磨光了的车轮,像被人忘却的一件小事。阳光依然强烈的照在上面。果然有几只苍蝇落在车板上,很恶作剧的样子。你碰碰我,我碰碰你,还用它们的两只前脚,洗它们的眼睛。或许,它们的大眼,也被太阳灼伤过吧?!

世界,显然是开始复苏了的。我听到了草丛中草虫们的鼓噪,此起彼伏,把草地变成一个巨大的买场,却看不见卖家的身影。顶多在近处的草根和芨芨草叶子上,看见红蚂蚁,七星瓢虫,苍蝇,还有几只小巧的蓝色小蝴蝶,或绿得发亮的小虫,经不起拿捏的那种。而它们看上去并不吵闹,安静得像老天最听话的孩子。一阵微风吹过,就有一股清香扑面而来,是野薄荷草的气味。我熟悉这种草的味道,就像它是我们的家的草。因为,母亲常用它来煎药。我看见了它们,就在离我不到十米远的地方。我走向那里,一股清泉从高处流向这里,足有三四根木头那么粗。水流温柔地滑过不大的青苔,那青苔们,就像女人的秀发闻风而动。然后,就是那些开着小小紫色的花的野薄荷。

直到这个时候,我才完全看清了眼前的一切。这里果然是一个绝好的去处。一片小小的绿地,被裹在一圈小山中间。东北面连着北塔山的遥远的主峰阿同敖包,西南面连着将军戈壁那些跳跳棋一样的小山体,正东方向,还有近二百米长的一个石筑的圈墙。然后,就是芨芨草滩和白色的盐碱地。我心里,突然就有了一股游戏的愿望,这一个地方,也许应该给孩子们过家家,才更合适。父亲说的那个小广场,大概就是这样子。

然后,父亲打的草用像阿拉伯数字 7 一样的大镰,一片一片把草放倒,无暇跟我说话。太阳到达中天的时候，变得很小，却很亮。只是，我不敢再看她，而是要尽量像一个老人那样，用自己的额头和着眉骨遮住它的光芒。父亲偶尔命令我把他打下草，往一起拢一拢，我照着做。

一切并不像我前两天想象的那样。这里没有游戏。这仅仅是一次例行的打草。像每一个牧人，到了七月，要把长在野地里的草打下来，以备牲口过冬的草料。我们家有一只奶山羊。冬天，它将享用今天父亲为它付出的劳动。冬天，它还要回报我们。

下半天的时候，父亲才有空休息。他在那片石头圈下，架了火，从小溪里用茶壶端来了水，煮了茶，兑了奶子，然后，我们父女俩一起吃我们的午餐。所谓午餐，也只是一些简单的干粮。那期间，父亲问过我"是不是感到寂寞了""不让你来你偏来""打草很苦"之类的话，还说我们刚才烧茶架的地灶上的几块石头，在我们之前，肯定有不少牧人用过，石头都烧成黑色了，或许一千年前就有人用过之类的话，还说了一些他自己少年的时候，跟我爷爷去打草，掉进了特克斯河里，被人救起的事。特克斯河，我没有去过。但父亲说我去过，那还是在我三岁的时候，他和母亲带着我去伊犁他的老家。而伊犁，在我的印象，一定不在他说的"内大陆"上，或许，是一个海岛吧，像小人书里的一样。

然后，父亲就看了看天。空中有散云，像被撕开的棉絮。那匹黄色的马，站在草丛中打盹，像一个木偶。只是那尾巴还算灵动，不时拍打牛虻和苍蝇。马车还停在草地上，像古老的战车。父亲突然想起了什么，看见了吗！他指指身后的一处岩石。

我问，什么？看见什么？

父亲眼里露出不满的神情，大概是在责怪一个小孩子的目光，怎么会这样缺乏灵气。小孩子们的目光，原本就是用来发现这个世界有趣的秘密。

父亲又认真的指了指他身后的那块岩石。责怪地强调到，看呀！你自己看呀！

我就把目光投向那块岩石。那是一块小小的断崖，背着太阳，向里倾斜，好像一个弯腰的人。那岩石是朱红色的，干枯的样子，我只看见了它朱红的颜色。父亲又问看见了吗。我说，没有看见。父亲说我笨，自己走到小崖下去，登上几块大石头，然后，在四五平方米大小的一块岩石上，用手划过。

父亲说:看见吗? 这些马。

就有一束光芒穿透了时空,向我扑来。我深深地倒抽了一口冷气,好像捕捉到了来自另一样空间的问候。那朱红的岩体上,果然有一群马,静静地站着,像断了把儿、掉了齿的木梳。大大小小,面面相觑。最大的近在眼前,最小的远在岩石的深处。

谁画的? 我小声问。

父亲摇摇头。

谁画的? 我又小声问。

父亲却说,不知道他们是怎么画上去的。

他们是谁? 我还在问。

父亲却说,这样的坚硬的石头,他们是怎么画上去的?用镐头?刀?或者石头?或者别的什么东西? 他们是怎么画上去的?

父亲看着那画,忘了我的存在。他捡起一块石头,企图也画一匹马在岩石上。只是,他没有直接去惊动石头上的马,而是换了另一块岩石。但是,他手中的石头,几乎没有在岩体上落下什么印迹,就碎了,就好像一粒子弹打在花岗岩上,当啷落地。父亲就摇摇头,自嘲地笑笑,然后拍掉手上原本就没有的土,从脚踩的石头上下来,回头看那些马。而那些马,纹丝不动,丝毫也没有受到我们的惊吓,好像我们的存在,在它们眼里,只有落在屁股上的几只小虫。

这些马是谁画的? 我依然小声问父亲。为什么要画在这里? 是谁画的? 想必,父亲是捅了马蜂窝了。我会永远问下去。像任何一个麻烦的孩子。

父亲大概不想回答连他自己都说不清楚的问题,但却瞎猜,说,这应该就是人们说的岩画。这上面的马,一定是什么人的爱马。他听他父亲说过,说古时候,一匹马,就是一个军人身份的象征。军人死去,爱马一并下葬。而一个军人,至少有两匹马,战死一匹,另一匹续上。他会用各种方式纪念他死去的马。

那军人跟谁打仗? 我问。

父亲终于用一个父亲不耐烦的目光看了看我,不再说话,转身离去,拿起草镰。把一个天问留给了我。我咬紧了下嘴唇,把两只手插进两边的裤袋里,像一个冷风中

范宏亚作品

等待母亲的孩子。

太阳下去,紫气上升。

黄马又被父亲架到马车上。父亲在高高的草垛间,给我做了一个小小的窝。我趴在草垛上,把目光向下。我看见的父亲的头顶,看见了他那被太阳晒白了帽檐的汗渍。黄马的身子长长地架在马车中,马具的皮绳捆绑着它的身体,像一个裹在襁褓里的婴儿。我可以看见它长长的脖子,结实的肩胛骨,还有厚实的大腿。它的稠密的马鬃,垂向两边,被黄昏的小风漫卷,那两只耳朵像一对月牙,或树起的剪刀。黄昏时分,从黄羊山那边透射过来的日光,洒在它浓浓的睫毛上,再配上它漫过额头的额鬃。那是一副马的媚态嘛!

突然就有一股伤感,涌上我的心头。我说不清楚究竟是为了什么?是因为,父亲无法回答的天问,还是为自己的无知?说不清。事实上,这本不是一个不谙世事的毛孩子所能想像的,它过于沉重,过于遥远了。而事实的事实上,我的感伤那么简单,在我和父亲架车远去的时候,我回头看那逆光中的红色小崖,看那石头上的马。然后,它们印在我的眼前。黑夜很快就要降临,它们会站在石头上,面对那片只有一股小水和一片被父亲割了的小草地,晚风会吹在它们身上。没有人会想到它们,没有人看到它们,没有人注意到它们。在这个世界上,没有人给它们捧场。它们将继续面对无尽的寂寞!

那以后的很长时间里,只要有人提起艾尔海特,或者打草之类的话,我就会想起那些画在岩石上的马。有一年夏天,夜空中出现了一颗带尾巴的星星。在整个夏天里,它从东天的夜空,移到西天的夜空,在夏末的一个夜晚,消失在西天星辰落下的地方。我就是一直想着那些马,它们就像那颗孤独的星星一样,穿过我们的头顶,继续向宇宙深处潜去。而宇宙浩瀚无垠,永远没有它们的落脚地!

杨叭狗子

耿立

现居山东菏泽,供职于某大学。

　　杨叭狗子,是老白杨在春天开的花,毛茸茸的,有一拃长,如虫子。这种杨花不是词人说的:春色三分,二分尘土,一分流水。细看来,不是杨花,点点是离人泪。杨树是先有杨叭狗子再出叶,一般杨树不栽种在家里,是否古人白杨多悲风的风俗,在曹濮平原有谚俗,是说家住的位置,前不种桑,后不植柳,院内不见鬼拍手,所谓的鬼拍手是指的白杨的叶子,在风中哗啦啦的翻卷是手掌在击。

　　古人把柳絮称作杨花,垂柳是美的,可杨花却有些轻浮,如一感情不专一的女性,想来,"水性杨花"一语,任何女性听了都不会高兴。

　　春天的时候,清晨起来,村头的杨叭狗儿落了一地。有人就把落地的杨花扫起来,浸泡到大盆里,泡上一天一夜,把花絮淘洗干净,再把硬壳儿揪掉。剩下绛红色的花芯儿,用刀剁碎,用面粉或者榆皮面粘成一团,蒸熟了吃,虽有一种苦味,但勉强可以下咽。如果用蒜末调了吃,倒是一种美味,在饥荒的年代,这就是最好的伙食了。《板桥家书》里有:"天寒冰冻时暮,穷亲戚朋友到门,先泡一大碗炒米送手中,佐以酱姜一小碟,最是暖老温贫之具",这样的文字是温暖的,主要是那种悲悯的举止,很让人感怀,郑板桥虽是江苏兴化人,但在曹濮平原里的一个县做过知县,对这里的民风应该是了解的。不知兴化是否有这样的杨叭狗子。但看苏北的方言,就如刘邦的老家丰县、樊哙的老家沛县也把这杨树的花叫做杨叭狗子。

在前年,也是春天的时候,我初中的女同学来到我家,她捎来的就是用杨叭狗子弄熟的团子,她说:可以用辣椒炒,也可放到稀饭里,她说你家不稀罕什么,这你现在没吃过吧,你五哥让我捎给你杨叭狗子。所谓的五哥也是我的同学,在初中比我大三岁,后来师范毕业回到了曹濮平原的深处,与我这女同学结婚,生了两个儿子,其中的一个孩子就在我所在的学校读英语。

杨叭狗子有很多的吃法,有的腌制起来,可以到春节,把它放在一个坛子里,然后再给坛子里放上姜花椒盐,坛子用木塞盖住。这样紫釉的坛子农村很多,可以腌制红白萝卜雪里蕻,可以腌制腊肉,曹濮平原多是这样的与自然合一,人和牛羊猪狗的食物链条差不多,到了荒年,和牛羊猪狗争食,后来把这些动物也吃掉。

我父亲有一位朋友,是在我们镇子的北街,他用黍子弄的醋,人要是喝一大口,比酒还烈,也能醉人。有一年,我父亲用坛子腌制春天刚下来的嫩黄瓜,用白糖和醋,加上盐,谁知,醋只放了三汤匙,到了打开的时候,连黄瓜都是酸的倒牙,后来这个坛子就不再腌制黄瓜,改成了腌制雪里蕻和杨叭狗子。

杨叭狗子在乡间本草里,是有药用的功能。小时候的冬天,突然肚子痛得厉害,可能是肠痉挛,趴在床上打滚,家离公社的医院又远,父亲不知从哪淘来的药方子说用干的"杨叭狗子"拌糖吃,可以治肚子疼,于是父亲就东家西家地找,终于淘来了干"杨叭狗子"。吃了以后,肚子就不再翻腾。

"文革"期间有个叫《决裂》的电影,其中葛优的老爷子葛存壮扮演的教授在课堂上大讲"马尾巴的功能",引来阵阵哄笑。而这"马尾巴的功能"也就从此成了一句"经典",被那时的人们常挂在嘴头。《决裂》是文革式"反智主义"的一个代表作,以为一切与生产实践脱节的知识,都是无用的——学会养马放牛才是农业大学的要旨,而研究什么"马尾巴的功能"则是极其可笑的。于是,教授不如老农,课堂不如田野……

自家食粮

范宏亚作品

当时，在乡下的中学里，有一北大生物系的老师也是发配到曹濮平原，他刚一到乡下正赶上麦收打场，村里的那头叫驴，一边拉着石磙碾压麦穗，一边不忘把自己的"家什"亮出来炫耀。在各种乡下的牲口中，驴子是最贱的，干最多的活、挨最多的打、吃最差的料，但是叫驴的那家什却最为雄奇，长可及地，蔚为奇观。那生物老师大概是为这奇物所惑，不明白地问：大爷，这驴怎么五条腿儿呀？

也是这位老师，他说话讲课都是北京话，在农村里，人们感到稀奇，常常坏坏地模拟，有一次他在四面透风透阳光的教室给孩子们讲课，抑扬顿挫，满含深情，他说：每当春暖花开的时候，在曹濮平原的村前村后，那高高的白杨就开一种花——花。他一连几次说到花，最后说出了一句普通话语调的方言，"那就是杨叭狗子"。到了这里，整个教室哄堂大笑。

后来，人们见了这个老师，在背后，就喊他：狗儿！

现在正是春天，我所在的学校的白杨开花了，叶子还未长出来。我想如果遇到春荒，不知有多少人会在树下打杨花。这绛红颜色的杨叭狗子，其实倒像个大蚕，也像个豆虫。给我送杨叭狗子的女同学说童年趣事，她说她和妹妹年纪小，才锅台那么高，树高爬不上去够不到杨花。人家把杨叭狗子打下了，她们也能拣，青黄不接的时候，乡间的温情还在，乡土的宽厚也在，穷困的人是最易同情穷困的，彼此能照顾的。半晌也能拣一小篮，拿回家就像拿回了粮食和活下去的希望，把它煮一道水，拌上点盐当饭吃。

杨花老了，随风飘落，杨叶才慢慢地长出来。小叶绿生生的，如一个个春天的小耳朵，这耳朵嫩时也可做菜，也可掺上红薯面或麦麸子蒸来吃；可是，女同学告诉我直到现在她还不懂得嫩杨叶含有啥成分，人吃多了，脸、腿都会发肿，可是，人们还是拣来吃，只不过是吃得少些罢了，小心些罢了。

送我杨叭狗子的女同学告诉我：1958年曹濮平原大跃进，锅砸了，连锁鼻子也拿去炼钢了，那年村上的树也砍光了，连白杨也都砍了，整个平原光秃秃的，谁家想拣杨叭狗子煮煮吃也办不到了，只有偷偷地用洗脸盆当锅煮点野菜或是萝卜根来吃，她的姐姐就是那年春季饿死的。

姐姐还没有吃到杨叶，断气后，牙缝里只卡着一根去年的老草。

靠近你

张立勤
中国作家协会会员,现居河北廊坊。

装谷草的房子

其实,我已忘了那是一座装谷草的房子,可我每天都要从它身边走过。黄昏的时候,我还会不经意地站在那儿。于是,那个叫小成儿的男孩,便像一股风似的刮到我的跟前。他背着一个比他个头还要大的柳条筐,钻进装满谷草的房子里。每当他一钻进去,我一下子就找不到他了。他那黝黑的身子,是瞬间埋进那一房子金黄色的谷草里面去的。

我忽然想起了什么? 什么呢? ——在我还没有来到这个村庄之前的每一个黄昏,那男孩都要到这个泥房子里来装谷草的。是的,大约就是这个原因吧,我的心开始靠近这个垂危的,挣扎的,却还依旧盛满谷草的房子。谷草不论被太阳照着,或是上面洒上了月色,或是在没有星月的暗夜,它们从来都放射出自己生命应有的光辉。

那注定要成为我们的记忆的谷草之光，真不知在何时早已渗进了我的血液。我仿佛望见了那些谷草迂回若云，我的内心面对它们，不由得发出了只有我自已才能够听见的震颤。那是一种生命状态向另一种生命状态转换时的最为生动的光辉么？

谷草毫无声息地堆在那个快要坍塌的泥房子中，堆着堆着就变少了。小成儿说，一到冬天谷草就被吃光了。我望着谷草们不无麻木地在那里堆着，只能是那样的堆着。而黄昏与来年，终是都要到来的。黄昏，它们要被小成儿用柳条筐弄出来。来年，新谷草又会被堆进去。我一天到晚的想着，新谷草怎么就变旧了呢？它们被牲口和时光一起吃掉了吗？谷草刺鼻的香气怎么就变得发苦而充满了苍凉？泥房子从何时起当作了装谷草的房子？还有在装谷草之前谁在里面住过……

泥房子在黄昏里像远方的一个土岗，最后它会渐渐被夜色抹去。在我的心中，从泥房子到土岗，是没有经历时间的。我是突然发觉到，时间此时正在那座颓败的泥房子中谷草般地堆积着。我难以诉说我感觉中的那样不可挽回的堆积，其中的每一根谷草，都似乎是一个曾经活着的人。人的数目和故事，就像这纷乱的谷草，散发着诱人的甜涩。

房后的老枣树长到半空去了，一根树枝陡然搭在泥房子顶上。昨天那里还什么都没有，连树的阴影都没有。此刻由于那根树枝的缘故，光秃秃的房顶上便有了一种久违了的生气。如果我独自站在那里久了，我的视线就会发生错觉。奄奄一息的泥房子四周，仿佛缠绕着无数灵魂。

小成儿终于从谷草房子里滚了出来，他浑身上下沾满了谷草，跟一个草人儿没有两样。我说，小成儿！他说，唉！我说，你家的毛驴昨天夜里又跑了没有？他说，跑了。我说，谁把毛驴找回来的？他说，我呗！我走到他跟前，伸出手胡掳了掳他那沾着谷草的脑瓜，那脑瓜湿乎乎的夹杂着不可抗拒的生长的力量。古老的流浪以至固守，土地啊！总在选择它认可的生命们，一代一代地与它难解难分。

我老远站在那儿，看着天天夜里都逃跑的那个家伙被小成儿用麻绳拴在了木桩上。小成儿每次抱着谷草走过去，我都担心毛驴踢着他怎么办。那是一个野性十足的毛驴，一身发亮的黑毛，两只耳朵不停地甩来甩去。它不时仰起黑长的头，发出一声

范宏亚作品

声痛楚的嘶鸣。没有谁来回应它的叫声，不管它多么的愤怒，多么的费力。然而，大约也只有小成儿会亲近它了，而小成儿是天真的，他怎么可能会想到毛驴的感受呢？

村子白天像在大地上凝固了一样，人们都下地去了。唯有那头毛驴，不停地踢着木桩和它脚下的泥土。那一小块地盘总是黄土飞扬，嘶鸣不止。小成儿在驴脖子上拴了一个小铜铃铛，那铃铛不屈不挠地响着。我每次听到那铃铛声，心里就有些难过，我想到了原野上理应具有的自由、欲望，哪怕有暴雨雷鸣的袭击。

我站在装谷草的房子跟前，那泥房子好比一个从梦幻中朝我走来的谷神，它身上落着旷久的日月的色彩和光斑。我想说，不要忘记这个被许多人忽视的装谷草的房子吧，这是我对我自己的提醒——那些谷草仍旧充满着给予的渴望，它们是那头毛驴和两头老牛的饲料，它们还是小成儿放学后的去处。是呀！只要这座泥房子还经得起风雨，那里面年复一年地都要装满谷草的。

小成儿喂完了毛驴跑到我面前，他的表情带着一点不好意思，但还是大声地给我唱着：门前的大桥下，走过一群鸭，快来快来数一数，二四六七八……

豆角架的蓬勃

我站在豆角架下，整个黄昏都站在那里。一根茂盛的豆角枝蔓，勾住了老枣树的脖颈。那注定是一条最不安分的枝蔓，它终是冲出了自己同类的怯懦，借助了老枣树的挺拔朝着无垠的天空，伸张了自己一次。夜晚的颗粒，穿越在那伸张中间。我似乎看到了它们的撕扯，忧郁，坚毅，或许还有那牧歌式的依恋。

从豆角架东边，走来一位老极了的老女人，她一头白发浓密的像这一大蓬豆角。人们都说，她一百岁了。她每到傍晚，就出现在这院子里的豆角架下。她的白发朝天扬起，上面罩着淡紫色的光环。那是接近夜色中的白发，那是昼夜转换时暧昧而迷人的光环。她那颠簸而起的白发，总让我混淆着月亮与白发到底是哪一个在豆角架的上方出没。

老女人的脸好像是被岁月拉长的,长的让我想起了江河。河面上无数水纹纽结荡漾着,在那深深的荡漾里,我看见了一个偌大的村庄的诞生,洪水冲走了最初的房屋,后来房子们又如丛林般耸立在泥土之上。这期间,许多人出生了,许多人死了,许多人又出生了,就像一茬茬的庄稼一样。我看着我面前的她,我在想她的许多许多的爱和恨也都过去了,或者死掉了——她是一个过去的女人,过去了一百年。我也会过去一百年的,岂止是一百年呢?

老女人冲着我,空空荡荡地笑了。因为,她的嘴里没有一颗牙齿。她的眼睛眯着,没有黑色的眼眸。她笑的时候,没有声音,只有豆角架在风中哧哧地狂舞。她说,她恐怕这辈子是死不了了!她的声音很好听。我真的十分震惊了,这样的话让我痴想哲学和英雄诗史。

她走向豆角架,大地发出"哐哐"的声响。我就联想到,地里的棉花和玉米一下子就长熟了。还有树上的鸟从这棵树飞到那棵树,夏天就结束了。于是,泥土和着她那震撼四方的脚步声,悄然裂开了无序的缝隙。那缝隙中一直往外滋长着草木和庄稼,我相信不光是滋长用眼睛可以看到的东西,还包括滋长气温、潮湿,甚至噩梦什么的。在某个时刻,我与老女人重叠在一起飘向周而复始的季节——飘向季节的果实们——飘向每一个昨天而不是今天。

只要老女人一来,这院子里的豆角就疯长。豆角架上的豆角早晨摘了一筐又一筐,一夜之间又都长满了。那些天,我睡在二叔家的大炕上。半夜能听见豆角长大的声音,像一群鸟儿在叫。我忽然觉得,老女人是否就是一只神秘的老鸟呢?她抖动着一身发光的羽毛在豆角架中飞上飞下,豆角就愉快,就见长。

一个神奇的老鸟般的老人,并不专注于死亡,而是帮助成长。她每天黄昏,一定会出现在豆角架下。宛若月亮悬在屋檐上面,照耀着我的想象。没有谁的声音,或是状态能与她相比拟了。只有那一根不屈不挠的豆角藤蔓捎去了她与另一个奇妙世界的默契与秘密。我曾伸出我的手臂,企图把那根盘绕上老枣树的豆角枝蔓拽下来,我用尽了全身的力气,我失败了。我真的觉出了那攀升是有灵性的,是那位闪着月光般的老女人一生的欲望所至。

一九九九年的"双抢"

徐迅

现居北京,系《阳光》主编。

父亲、弟弟和我

一九九九年父亲得了一场脑溢血,是第一次。据说,父亲是为选稻种子生气患病的——其实,父亲晚年的心情一直不好,他是一位铁匠,在能劳作的时候由于缺煤,他经常求爷爷、告奶奶,还弄不到。后来这种繁重的体力活年轻人不愿意学了,赤手空"锤"的,他一个人又撑不起一盘炉,再加上人事的钩心斗角、亲情的冷漠、我们兄妹的没出息,父亲郁结于心的怨气就更大——当然,这只是猜测,但现在的猜测也并非空穴来风。我要说的是,父亲由于得了脑溢血,终于彻底地告别了铁匠铺。不能打铁,他就只能成天无所事事地待在家里。对于在炉火前劳作了一生的父亲,这该是怎样的一种煎熬和隐忍?

由于是铁匠,父亲一生便拥有两种"锤"。一把是为一家生计而挥舞的铁锤,那把锤在一九九九年之前的老家,在方圆几里的乡镇都赫赫有名,他打的铁器经久耐用,漂亮无比。一把是用来管教我们兄妹的"皮锤"。然而,在我们兄妹的记忆里,他顶多也只是捋起来吓唬吓唬,并没有一次真正地落到我们的头和身上。我小时候为了几毛钱,倒是把他正挥打的铁锤拖出过他的铁匠铺,让他满足我的要求,才让他自己把铁锤拎回去。他也并没有将"皮锤"伸向我。

所谓铁匠家里无"家伙"。这"家伙"指的就是日常用的铁器农具。印象里我家的铁器也不多。这不完全是父亲没有置办,而更多的是被邻居们异口同声地说好用,然后"借"走了。然而父亲从不在乎。记得每年的"双抢",都是父亲生意最为活跃和忙碌的时候,乡亲们在禾稻生长的过程掐算出"开镰"收割的时间,便会把镰刀送进父亲的铁匠铺。父亲白天锉不完这些刀,就把镰刀成捆成捆地挑回家,晚上牵一盏灯在门前的空地,弓腰佝背地坐在凳子上,一把一把地锯锉。母亲在一旁默默地燃起枫树球,熏着蚊子,偶尔还给父亲摇摇扇子。常常是我们兄妹都睡了,父亲抑扬顿挫的锉刀声在半夜却把我们惊醒,听那锉刀的声音,幼小的我们有一种踏实和安全感,都会在那富有韵律而悦耳的声音里沉沉睡去……天已大亮,父亲却挑着锉好的镰刀回铁匠铺给刀上皮硝、淬火……然后抽空回家照看自家的几亩田。

然而,一九九九年家里只剩下弟弟这一把"镰刀"了!弟弟拿起父亲锻打的镰刀,用手抚摸着我们熟悉的那镰刀的弧度,刀齿和手感,先是感觉一种厚重和亲切,但很快他就感到一种恐惧。漫无边际的稻田,微风吹过,掀起一层层黄色的波浪,一片黄色的海洋很快淹没了瘦弱、个头不高的弟弟。弟弟一手握刀,一手拽着稻把"刺啦、刺啦"地割起来。天空瓦蓝,阳光四射,随着镰刀与稻禾发出的有节奏的声音,弟弟身后的稻铺一堆一堆向后铺叠,前面的稻浪一层一层地退去。用着父亲的镰刀,弟弟说他有一种奇怪的感觉,他感觉自己就像一位钢琴家,快乐地按着大地的键盘,浑身有着使不完的劲和痛快淋漓之感,但很快,他就腰酸腿疼,感觉天旋地转……

阳光直射在稻田,田里的水像着了火一般,令人喘不过气来。弟弟站起身子,就看见蹒跚在屋角大枫树下张望的父亲。父亲拄着拐杖,面朝田畈,显然是在望弟弟。弟弟看见父亲,立即就明白了父亲的意思:"我不能帮你,你可要提防日头,莫中暑啊!都大晌午,该吃午饭了!"弟弟仿佛听懂了父亲的话,眼睛一阵潮湿。他拿着镰刀从田里走出，一步一步地走到父亲面前。也就十几分钟的路吧，弟弟就看见父亲慈爱而又有些呆滞的目光使劲地盯在他身上。然后父亲退避一旁，让弟弟走在前面，他在后面一瘸一拐地，仿佛达成了某种默契。被稻子磨得锃亮的镰刀，刀齿在阳光下闪烁着耀眼的光芒，弟弟突然发觉父亲死死地盯着他手中的镰刀，心里一酸。

"死热！死热！"老屋前后树上的蝉鸟拼命地叫唤，父亲和弟弟一前一后地走进屋，一股灼热的烈日的气息随他们涌了进去。弟弟拉开电扇就躺在了凉床上。过一会，他听见父亲和母亲断断续续的对话声："伢累了！"母亲所答非所问地："有点热，你今天可好点？……"

农具与农谚

农具，无疑是农业生产劳动的工具，或者说是农民用的工具。在所有的农具中，都具有铁和木两种性质，比如镰刀、锄头、拔草刀、砍柴刀、犁、耙、打稻机——惟独打稻最初用的工具是禾桶。禾桶是厚厚的木板接榫拼接而成的，很沉很沉。

禾桶也叫"戽桶"。县志记载：禾桶有长方形与方形两种。长方形禾桶，只在一方打稻，可并立两人，其余三方桶沿设有布围，以阻挡稻粒飞溅。方形桶四周以原木板围之，四方皆可打稻，四人同时操作，使用普遍，惟脱打稻谷时四人要保持默契，挥舞稻把此起彼伏。这种禾桶四边都有扶手，桶底还有两根圆木，以供禾桶在泥田滑行、拖拉……在乡村，我们经常可以看到这样的场面：没有风，空气里烈焰腾腾，四条汉子身着短裤，站在禾桶四周，阳光像巨蛇吞吐的信子不时地咬着他们被太阳晒得黑黑的皮肤。他们纷纷扬起稻铺，嘴里吆喝着："嘿——哟——嗬"的号子，使劲地摔打。一时间，田畈上传来的都是"嘭嘭"的沉闷的号子声和稻子脱粒溅落的声音。在无望的乡村，这声音让人听来心情格外的沉重和无奈。但那时弟弟还在上学，有一回放学，弟弟突然对我说，哥，你听那声音真有意思，"嘿！"是将稻粒赶下来，"哟"是人们怕用大了劲，心疼砸痛了稻；"嗬"是大人高兴那稻粒下来了吧？弟弟那时长得白白净

范宏亚作品

净，邻居们都叫他"小白"，很天真，一副少年不识愁滋味的样子。

　　我想弟弟现在肯定不会有这诗意了。实际上自从责任田到户，我家就添置了一台人力双人打稻机。这是队里的第一台人力打稻机。打稻机的机身由滚筒、桶、挡板棚、齿盘、牵踏板等组成，是铁木构件的结合体。那时父亲身体健康，时而还露出些微童心和他精湛的手艺，组装那台打稻机时，我弄了一张图纸和木匠把大门卸下摆平，在上面放大，父亲和姐姐就锯着木头。组装好打稻机，父亲买了四五斤桐油将打稻机从里到外油刷了三四遍。双抢时，我们将打稻机抬进田，撒欢般使劲地踩，打稻机"轰隆隆"地响，金黄的稻粒"嗞啦、嗞啦"地洒落桶里。乡亲们看见就说："看人家兄弟姐妹几个，能的蹦的！"笼罩在七月双抢的烈日下，尽管我们满头冒着豆大的汗珠，一家人却充满了欢乐，连父亲也幽默起来："这汗淌的，粪水也没汗水肥啰！"然而，姐姐很快出嫁了，我又出去谋求生计，父亲后来又生病了！到一九九九年的双抢，守候着老家这部有着二十多年历史的打稻机的只有弟弟和母亲。

　　一九九九年的双抢，幸好弟弟在打稻机上安装了一台电机。母亲抱稻把，弟弟喂稻铺，这样显得轻松了一些。但节候临近大暑，弟弟和母亲心里还是着急了起来。午后的天气闷热闷热，弟弟和母亲在一块大田里边打稻，边收拾稻草。旁边走过一个人与母亲搭讪："大娘，你双抢搞得迟哦！这块大田今年看来要搞到暑后了。"母亲抬起头，一脸苦笑。正不知说什么好时，也在田里的木匠大爹却在一旁安慰母亲和弟弟说："立秋还早，不迟，不迟！"——木匠大爹是我们亲房的长辈，他常年做木匠活，由于弓腰，背有点驼。

　　但他能做一手漂亮的庄稼活，是庄稼的好把式。家里几亩田，全凭瘦弱的母亲和弟弟，木匠大爹显然显得有些同情和力不从心。他慢腾腾地坐在田埂上对弟弟说："早一日，早一春，早一个时辰早生根，老古话是说大暑前插的稻秧比大暑后往往要多长出一个节，但也不尽然。只要赶在立秋前插完秧就行了。俗话还说，秋前不起，秋后不发，立秋插禾，不够喂鹅，立秋还早，莫急！"

　　木匠大爹还给弟弟背了好多的农谚：

自家食粮

"小暑插田家把家，大暑插田普天下，大暑后分上下。"

"稻青一把米，麦青一把糠。"

"青八分，黄八分，收到家，稳铁钉。"

"双抢前三天割不得，后三天割不彻。"

"一天一个样，田埂上都长稻。"

"打雷立秋，五谷丰收"……

弟弟说，一九九九年的双抢，木匠大爹教会了他许多的农活。

轰然炸响的记忆

宁明

现居大连，空军飞行员。

一

半个月前已和几位朋友约定，这个周六去瓦房店的乡下吃杀猪菜。

据战友说，他每年冬天都要去乡下吃几次杀猪菜，吃来吃去，感觉瓦房店的杀猪菜味道最"正宗"。战友所说的味道"正宗"，以我的理解，不单是指杀猪菜的味道让他可心，而且最重要的是吃饭的地点选择和相邀的朋友对他的"口味"。我和朋友们在面包车上一边颠簸一边开玩笑说，从周一开始，我就控制自己不吃肉了，就等着周六去吃杀猪菜呢，今天非要猛"造"一顿"正宗"的"笨猪肉"不可。

现在城里人吃东西可真是越来越挑剔了，吃什么都要拣"笨"的吃。"笨蛋""笨鸡""笨鹅""笨鸭"……这不，今天我们几个还兴致勃勃地不远百里驱车去乡下吃一顿"笨猪肉"，若算算账，还不抵汽车烧掉的汽油钱。我在心里窃笑，看来人也是"笨"的吃香呢！

范宏亚作品

我曾听说,有些乡下集市上卖的"笨猪肉",就是乡下人从城里买回去的。然后,又被城里人开着汽车几十斤、上百斤地高价买回,不仅自家人吃,还送亲戚朋友分享。当城里人乐颠颠地把肉分送给别人后,总是要得意地强调说,这可是我从乡下拉回来的"正宗"的"笨猪肉"啊! 大家吃肉后,一见面,少不了啧啧赞许一番,到底是乡下农家的"笨猪肉",香,比超市卖的吃化工食料长大的猪肉香多了! 唉,以后谁还敢再说只有猪才是"笨死"的呢。

　　今天请我们吃杀猪菜的朋友是一位地地道道的农民,他家就住在瓦房店市西边不太远的一个小村庄里。我们要去拜访这位农民朋友,姓王,我们都随着战友叫他三哥。三哥是与我战友多年相交的老朋友。当年我的战友当连长的时候,三哥家与部队是最近的邻居,"两家"相处得一直很好。三哥家的小村坐落在大草甸子的最东边,靶场就修在平坦的草甸子上,也就是说,他家距靶场只有两公里远的样子。村子的南边,是这个村的小学。一条很深的人工护场沟把靶场与小村庄、学校隔离开来。

　　汽车离三哥家还有老远一段路程呢,我们就听见一头猪在声嘶力竭地号叫了。战友说,听哀叫的声音如此洪亮、悲壮,就知道是一头膘肥体状的黑毛大肥猪。还是战友的耳朵"厉害",他竟能只听猪叫的声音就断定出是"黑毛"来! 大家哈哈笑了起来。

　　看来,这位三哥正如战友在路上介绍的那样,是位心地很实诚的朋友。他非要等大家都来齐了再杀这头猪,尤其是要给我们这些从城里远道而来的朋友看,以证明不是人们传说中的假"笨猪"。进了农家小院,迎面见了三哥,他热情地招呼我们进屋,自己却举着捋起袖子的手,不让握,说刚才抓猪了,太脏,还没顾上洗手呢。

　　三哥全家人一齐上阵,一个多小时后,就开始往炕桌上端杀猪菜了。菜主要就是肉,热气腾腾,盘子都满满的,还有两个小盆子,盛的是肘子。

　　我是第一次盘着腿坐在农家炕头上吃杀猪菜,有几分新鲜,也有几分感动。一位个头一米七几、长像文质彬彬的小伙子一直在为我们忙前忙后,拿碗筷,摆碟子,开酒瓶,递烟灰缸……小伙子看上去有十七、八岁,人很机灵,也不多言语,给人以很有眼力见儿感觉。他总是以恰到好处的时机为我们递过来即将需要的东西,比如往茶杯续水什么的。战友说,孩子,别忙了,一起坐啊! 小伙子腼腆地摇摇头,用眼睛指一下外屋的灶台,意思是菜还没有上齐呢。再说,农家也有规矩,家长是不准许小孩子家上桌陪客人吃饭的。虽然见面时间不长,但我心里对这个小伙子已有几分好感,甚至还真有点喜爱上他了。他的举止和气质,正像是我在部队所喜欢的战士一样。我甚至一闪念地想,将来谁家姑娘能找到这样的小伙子,日子一定过的错不了。

二

"喝酒,喝酒,喝酒啊!"三哥一边用毛巾擦拭脑门子上的汗,一边解下已不太洁白的围裙,满脸红扑扑地从外屋进来了。三哥没有上炕,只是半个屁股偎在了炕沿儿上。三哥说,还有一道"血肠"菜没有出锅呢,你们先喝呀,我去看看。这时,小伙子搂了三哥的衣襟一下:"三舅,你上炕坐吧,我去看着锅里血肠……"我们这才知道,原来小伙子是三哥的亲外甥。

大约过了几盅酒的工夫,小伙子在外屋轻声问:"三舅,你看血肠还嫩不嫩,可以出锅了吧……"三哥叹息一声,下地,自语说:"这个孩子从小就倒霉,命大,命也苦,唉……"我用目光询问一下战友,想问三哥为什么一提起这孩子就叹息呢?多好的小伙子啊,打着灯笼恐怕都难找呢。但三哥很快就趿拉着鞋回屋了,劝大家接着喝酒啊,我也就不便再去多问什么了。

不大一会儿工夫,小伙子端着一大盘子切好的"血肠"进来了,上边还特意撒了些星星点点的青葱花,既点缀了色彩又调升了味道。从这个很小的生活细节中,让我看出了小伙子是个有生活能力的人,便在心里对他又多了几分欣赏。

因为心里喜欢这个小伙子,我待他放下"血肠"后,硬是把他搂到了我的身边。三哥欲言又止,但也没有阻拦。只是,我看见三哥眉头上的皱纹往一起挤得更紧了,仿佛有什么心事就锁在眉头的皱褶里,只要一舒展,就会掉出来。

小伙子很规矩地坐下来,给我续满了酒:"叔叔,您是飞行员吧?"这是小伙子第一次和我说话,还有点怯生生的样子。三哥抬起夹菜的筷子,马上有制止外甥说话的意思,但还是被我的目光劝了回去。三哥就坐在我的对面,他的表情变化让我大感不解。我很想从三哥既兴奋又叹息的复杂心绪中找出答案,以解开他对外甥态度上的疑团。想必是战友事先说给三哥家里人的吧,看来他们已了解我的职业。我随便问三哥的外甥:"是啊,你今年多大了?上高几?将来想做什么?"小伙子迟疑了一下,回答我:"叔叔,我只想当兵,但肯定是当不成飞行员了……"我笑着说:"当兵好哇,你高中毕业就报名,当空军,说不定咱们还能在一个部队呢!"三哥终于忍不住了,插话制止外甥不要再多说话。三哥长长地唉了一声,说,这孩子恐怕当普通兵也够不上条件的,他身体有残缺,是验不上兵的。

我们都愣住了,不明白三哥在自语什么。好端端的一个大小伙子,身体能有啥残缺呢!

"叔叔,您别误会……我小时候受了点伤。那时,我特别恨你们飞行员……现在长大了,才理解干你们这样的特殊职业多么不容易。十一年了,都是过去的事了……"小伙子说出这几句串联在一起也让我不甚明了什么意思的话后,咬着嘴唇仰起了头,眼里已转动出了泪水。但,他忍着没让泪水流出来。

小伙子说了声忘记拿餐巾纸了,扑咚蹦下地就去了外屋。三哥这才摇头叹口气说:"这孩子真是命大,八岁那年硬是拣回了条小命,但裤裆里的小命根子却只剩下了半截儿……去年冬天,他妈妈,也就是俺二姐,又出了车祸,人没了……"

我的脑袋嗡地大了起来。拣回条小命是什么意思?十一年前一个八岁的孩子能与"飞行员"有什么切齿的怨恨呢?

靶场。炸弹。是那起轰炸事故?……我仿佛一下子什么都明白了,但又的确一下子还是想不明白。莫非,这孩子的不幸真的与那起全军有名的轰炸事故有关?

"谁也不是故意的,是意外事故嘛,人家飞行员也不想出这样的事故啊!"三哥歉意地向我举起了酒杯。我如鲠在喉,愣在了那里,思绪怎么也收不回来,更不知该对三哥说什么好……

三

女儿当然也没吃过"正宗"的杀猪菜。当她一脸羡慕相地缠着问我吃杀猪菜是什么滋味时,我还是忍不住讲述了刚认识的丛晓斌和当年那次特大轰炸事故。临别时,我悄悄塞给晓斌一些钱,让他买书或买衣服,可这孩子说什么也不肯接受,最后追到车上硬是塞回了我的皮包。一路上,我一直回想着晓斌期待而忧郁的眼神。这是一个比我女儿刚好小两岁、而又多么有志气的好孩子啊!

"爸,放寒假时我想和你一起去看望晓斌,告诉他,以后我当他的姐姐吧……"女儿一边替我拭掉腮边的泪水,一边自己也含着眼泪说。看着女儿红红的眼睛,我轻轻地摸了摸她的头,像一下子摸到了那条炸飞在树杈上的蝴蝶结小辫儿。那个扎小辫的女孩若还活着,也会和女儿差不多高了吧?

女儿毕竟渐渐长大了。她问:"晓斌今年能当上兵吗?"我说还不知道,这得问问征兵办,弄清体检的政策规定。她一听就有点急了,晓斌多可怜呀、多无辜呀!你们部队就不能破例帮帮他吗? 一点同情心都没有……

我生气地制止住了女儿的牢骚话,但也不想过多地去责怪她。毕竟她才是一名"大二"的学生,对生活中的一些复杂事、蹊跷事、甚至哭笑不得的事情知道得还太少了。

我终于在电话本里找出了一位刚高升的老同学的电话号码。我想与老同学认真地打个电话,也许,他能想办法帮帮这个素不相识的丛晓斌……

菜园小记

松龄

新疆作家协会会员，现居新疆伊犁。

小时候家住农村，记得屋后有一块空地，上面有废弃的垃圾和一些无名的野草，夏日里蚊蝇滋生，草长却不见莺飞。父亲看着可惜，便领我们在农闲时进行清理。父亲持一把铁锨，除旧纳新，斩草除根。我和弟弟架了一把用柳条编织的抬把子，像架了一副担架，一前一后忙着外运。用了整整几日的功夫，那块地才被我们平整得有些模样。像是一个刚才还蓬头垢面无人领养的农家孩子，突然被擦洗干净，有了新的容颜。地是一块旧地，年久失种，父亲又从牛棚羊圈里积了一些农家肥，像撒胡椒面似的薄薄地撒了一层，过几日又用铁锨深深地翻了一遍，没想底下竟是一层新新的黑土，恰巧又逢了雨水，那地像是有了灵气，阳光一暖，若有若无隐隐地冒着白气，父亲是个仔细的人，又抱来一堆芦苇和一些干枯的树枝，扎了一圈篱笆。一个别具田园特色的农家小菜园便跃然"地"上。

清明将至，雨水连绵。被圈的那块地静默无语。许是因了雨水的浸润，几日不见，竟出落得像一个春意盎然的农家姑娘，袒露着丰腴、鲜亮的身子，急切地等待着农人的耕种。似乎荒芜已久的心，因长久的等待，再也把持不住，只等一夜风雨，就会桃红一片。但种菜终究有些区别，不能像大田里那样挥洒，这是农活里的细活，要有足够的耐心和细致。地先是摊平后在阳光下晒，吸收了春光的泥土仿佛在一夜间变得暖暖的、酥酥的，用手一捏像一把细沙从指缝间滑落。空气中弥漫了泥土的香味，父亲弯着腰，挥汗如雨，用一把铁耙来回在地里梳理。一晌午的功夫，地竟被梳理得像平静的水面，只是波澜不兴。父亲放下耙子，又用铁锹培植出一道道细细的田埂，远看那细细瘦瘦的样子，忽地像水面吹来的一阵轻风，有了一层细细的涟漪。其实父亲手下的地更像一块"井田"，但在我稚嫩的眼里却变成了蓝天下一本摊开的方格作业。如果说大田里繁重的农活是父亲日复一日，年复一年一辈子都无法完成的主课，这块小小的菜地便是父亲的课外作业。父亲不是一个偷懒的人，但在我童年的记忆里，父亲似乎更喜欢这块小小的菜地。

终于到了点种的日子。七八个破旧的碗碟一溜排放在地上，我知道里面盛放的是各色菜种。但那时我还年幼，五谷不分，稻稗难辨，更别说能从菜子里识别什么。父亲站在地头上下打量了一番，像是心里有了数，便操起墙角里一把月牙形的锄头，用斜斜的一角在地上犁出了一条条长长的垄沟，丰润的泥土翻腾起一道道细浪。母亲蹲在地上穿着青色的短袄，一手持碗，一手握成一个小小的漏斗，一些花花绿绿的小子粒像五彩缤纷的细雨洋洋洒洒地落进黑黑的泥土，籽种落地，又怕鸡啄日晒，难以萌芽，母亲就来回腾挪着，小心翼翼地用手把两边的土拢进沟里，将其覆盖。父亲像是在生活的泥土里开了一道道拉链，母亲又轻手轻脚合上。只是这一开一合之间，便有了播种收获的意义。有趣的是母亲站起来后用手扑了扑身子，双脚并成一个人字，将"拉链"处轻轻地虚踩过去，身后踩出无数"人"字，竟像一片细细长长的槐树叶落在地上。我看着新奇，觉得甚是好玩，便只让母亲动手，动脚的活则由我来完成。不一会儿，我的身后也有了一串歪歪扭扭的人字。天色渐晚，暮霭升起，天空中似乎有了雨意，而地里满眼的"人"迹，像无数个槐树叶覆盖了一地的秘密，悄悄地等待着萌发。

进入五月，菜园里不知不觉开始有了绿意，似乎所有的秘密再也掩饰不住，细细密密的嫩芽破土而出，沿着"人"迹踩出的足印纳出一行细细的脚线，像一行行朴素淡雅的诗。一夜春雨飘过,那小苗越发猛长起来,鲜亮、活泼、生机盎然,惹人爱怜。不几日便像一池春水绿茵茵的充盈了"井田"。微风一吹,就有了浅浅的绿痕。幼苗初长,在我眼里只是一抹浅绿,难以辨认,无法归类。种瓜得瓜,种豆得豆,但在父亲的眼里却泾渭分明,那些看起来茎叶相似的幼苗,在父亲的眼里瓜是瓜,豆是豆,萝卜青菜一望而知。每天从大田里收工回来,父亲便一头扎进了菜地。菜园里的活儿琐碎、精细,父亲却不厌其烦。有一天,我看见父亲用一小塑料袋泥土裹着一棵幼苗像裹了婴儿般小心翼翼地往外移苗。似乎已经忙碌了一阵,稀稀疏疏地移了一地。幼苗还有些娇嫩,似经不住主人的东挪西移,太阳一晒有些蔫头耷拉,又像是刚从母体分离的婴儿,近在咫尺,却如隔天涯,远没有那些长在地里的姐妹精神。父亲见我进来,赶紧唤我浇水,我大惑不解,不是种上了吗,咋还往外移呢。父亲说,种菜也得像种庄稼,要合理密植,否则难有收获。我若有所悟,提了一桶水,操起水瓢,一棵一棵地浇。久旱逢甘霖似的,只听一阵咕噜咕噜的咽水声,回头再看那些幼苗似乎都有了精神,在它们的眼里,父亲劳作的手一定是上帝之手。那段时间,父亲整整忙了一周,当我再进菜园时,呈现在眼前的是一垄垄笔直的秧苗,像用线拉过一样。往日里的庞杂、繁密和拥挤不见了,行距清爽疏朗,一派勃勃生机。一看就知道菜园的主人是个勤劳懂行的能手。

　　一地蔬菜,形态不同,长势各异。有些顺其自然,随意生长,便有收获。有些还需人工扶助,方能成长。像西红柿、豇豆、黄瓜便是此类。长到一定时候,还要搭架,否则一地藤蔓,如一地覆水,四处蔓延,难以收获。父亲是早有准备的,季节一到,便赶紧用竹竿或一些枯树枝,一根一根斜斜地插在地上相互交叉着,疏而不密,错落有致,别具田园特色。父亲像个能工巧匠,那些不起眼的东西在父亲的手里都派上了用场。在我童年记忆里,父亲的菜地很像齐白石大师寥寥数笔勾勒出的一幅水墨画:浓郁的黄瓜架下,一只老母鸡横卧阴凉,两只雏鸡正奋力争吃一条毛虫,栩栩如生。画面古朴淡雅,情趣盎然,笔墨一实一虚,一浓一淡,煞是可爱。不着一字,尽显风光,一幅悠闲自得的田园之乐便跃然纸上。我真疑心齐白石大师是否也种过菜地,否则他笔下的农家小景怎么和父亲的菜地如此相像。菜园里的活儿父亲大包大揽,都是自己

范宏亚作品

干。有时实在顾不上才让我干些小活儿。一次父亲安排我给菜地浇水，我觉得十分轻巧，没有在意竟险些酿成大祸。倚着菜园旁有一渠水流过，浇地颇为便利。那天，我稍稍扒了一道口，渠水便欢快地顺势而进，哗哗地流进园里。少年的我有些偷懒，心如浮云，心不在焉，任水自流，手捧一本小说坐在田埂上看。小说的情景吸引了我，不知过了多久，我抬头一看，水竟还在第一块田地里打转。我觉得蹊跷，走近一看，原来有个鼠洞像一抽水机，咕噜咕噜将水全吸了进去。我正着急，忽听弟弟在院里大呼小叫，我赶紧跑过去一看，原来老鼠们也学会了深挖洞，广积粮。这洞竟贯通我家菜窖，渠水顺洞而下，灌了满满一窖。窖乃储藏冬菜所用，万一被水浸坏，可如何是好，免不了父亲一顿责骂，我提着桶赶紧下到窖里，水有齐腰深，我刚往外提了两桶，便预感不对，慌忙弓腰往外爬，只听身后轰隆一声，那窖经不住水的浸泡轰然塌陷下去。我抱头坐在地上，惊吓出一身冷汗。从那以后父亲再也不敢让我浇地了。

夏天到了，小园的篱笆墙上爬满了青藤，有爬山虎，有牵牛花，都争先恐后攀登着、缠绕着，给小园添了一堵绿墙。天气炎热的时候，篱笆上落满了蜻蜓，顽皮的我手拿一根细细的竹竿，在半空一舞，准有一只蜻蜓碰落下来。但我最爱光顾的还是菜园，小小的菜园有花可观，有果可食。并不是所有的菜都一身俗气，那满园的菜花像朴实的村姑，其实也别有一番风味，不必说那紫色的茄子花，也不必说那亭亭玉立的韭菜花，单是那开满藤架绿叶里的黄瓜花，一个个卷起朝天的小喇叭，招惹得蜂来蝶舞，让人赏心悦目，目不暇接。仲夏季节，蔬菜开始熟透。先是那红盈盈的水萝卜，透明得像婴儿的小手，水灵灵的，半截粉红露出地面，还未咀嚼，便满嘴清香；细细长长的豇豆挂满藤架，像二月里春风剪出的柳条，又像一窗小小的绿帘瀑布，顺藤而下，垂下万千丝条。但我最喜爱吃的还是西红柿，像一只只红灯笼，圆润、饱满地躺在绿叶里，望一眼，便满口生津，口角发酸。放学归来，顺手摘下一只，无须水洗，往衣襟上一抹，便可入口。那西红柿瓤沙多汁、甜酸解渴，一口入肚，如嚼仙果，五脏六腑都滋润得清清爽爽。秋季到了，母亲搬一大缸放在地里开始腌菜。母亲腌的叫花花菜，是跟邻居锡伯大婶学的。花花菜，多么富有诗意的名字，它是锡伯族人家每年秋季必腌的一道咸菜。是用辣椒、萝卜、芹菜、韭菜、莲花白调配而成，五颜六色，杂而不乱，艳而不俗,显得花花绿绿,故得此美名。花花菜讲究新鲜,所以母亲也学很多锡伯族人家一样在菜地里边摘边腌。古朴原始,一派田园风格。歇息时可观山色、有云则隐,无云则显,大有"采菊东篱下,悠然见南山"的自得。那种美好的情景,多年以后仍记忆心头,难以忘怀。

上世纪六十年代的农村,物资匮乏,生活清贫,寅吃卯粮,无以果腹,那小小的菜园成了我童年的乐园,现在想起那时的生活虽平淡朴实令人回味,清贫洁净,绿色健康。如今温室大棚遍地开花,新鲜蔬菜四季不断,大大丰富了百姓的餐桌,只是那菜的味道和营养与过去已成天壤之别,难以相比。久居城市,与故乡离别多年,有时,忽发奇想,在这高楼林立的城市,如果能有自己的一块菜地,那该是一件多么快乐而富有的事啊,可惜这乡下农家百姓居家过日子的寻常之事,却成了普通城里人一辈子都难以企及的奢望。

忆或逝

凌仕江
中国作家协会会员,现居成都。

篱笆

篱笆和高粱杆的婚事被历史拆散后,我们便跨入了一个崭新的纪元。

但留恋篱笆的除了我们,仍是那几个熟悉的名字:豆芽、葡萄、三月瓜、向日葵等。一场雨水过后,它们就像蚯蚓从篱笆里面爬出来,向上、向左、向右、向前、向后,不断地延伸……

篱笆是一张陈旧生活的护照。背后有一些往事总在发芽,为了图个方便,我曾用手指头把大姨家的篱笆钻了个洞,只要瞄准表哥不在家,我就围绕篱笆转个大圈子,大姨常从洞口处递给我一个烧红薯,或一根软骨头。

有一回,我路过大姨家的篱笆,便自信地将手放入洞口,没想到另一只大手却从洞口伸出来,速度极快,扭住我的耳朵就不放,我向大姨求救,他就扭转得更疼:再叫,再叫我把你的耳朵由十频道转换成二十频道。

我不叫，我从来就不叫——这个坏表哥。

篱笆，一个家与另一个家的秘密设防。

后来，一块红砖红透了村人的眼睛，堆积如山的红砖淹没了篱笆，红砖垒红了半边天，又高又结实的墙，替换了风中的院门。门上拴着的绳索也变成了一个粗大的铁环扣，里面反锁着，藤条躲躲闪闪地上了墙壁之后，在碎片玻璃的防范下，只好扭曲自己的性格。

古老习俗渗入文明物什之后，动物也像人一样，少了许多自由。但人终究不如动物。

若是谁家还有篱笆，现在会是耻辱吗？篱笆从来就很光荣。

竹林

诗意栖居竹林，城市人望尘莫及。这是夏天的农家孩子最爱干的事情。

尽管城乡之间有说不清的是是非非，恩恩怨怨，但在我走过的城市，竹林的表情多为假惺惺的，它们是从流浪者的故乡搬进城市的，存在严重的水土不服，要想立足其间，竹林也像人一样感觉陌生。竹林见不得大街上到处都是寂寞的心。

乡间的竹林，土生土长，有礼有节，十分安静，不随任何外界风吹草动左右。

谁要想断了我的根，我想我一辈子也诗意不起来。

真正让城里人通过竹子诗意起来的是张瘸腿。他是一个资深的竹编匠，早年主要为农家人编秋收的晒垫，农忙挑土用的烟兜，挑菜的篮子，睡觉的凉席子，厨房里放碗的碗兜，刷锅的刷把签，还有背娃娃的娃背箦等等。那时请张瘸腿编这些玩意是不花钱的，只需要吃点干饭，有点烧酒和几粒花生米就可以，反正竹子是你自己家的。这些朴素的农家摆设渐渐被城市现代化商品设备取代的九十年代，张瘸腿似乎一下子找到了发财机会。他开始替城里人编各种好看的背兜、席子、篮子。小的几十，大的上百，供不应求。他发动儿子儿媳甚至孙子辈，砍竹子，划篾条，不分昼夜地编呀编。他们砍光了自家的竹林，又去收购其他人家的竹林，五分钱一斤。

有一阵，村子里的光线有些光秃秃的，看上去像撕破帘子的窗户。张瘸腿肯定是发财了。

等我住进城里，想请张瘸腿编一张篾席打发夏天的酷暑，又很诗意，无奈此人已经作古。张瘸腿万万没有想到，送别他的工具居然是竹子编的板板轿。每每回乡看见路边丢弃竹子编的板板轿，我就猜想村子里又少了什么人？他们的死真的很美丽，如同诗人海涅说的：死亡是凉爽的夜晚。

在乡间，不变的永远是，一代又一代人，生于竹林，死于竹林。

茄子

茄子是归女人管的，从点种、喂水、收获，女人们的话题从离不开茄子，青春时的好友一碰头，问过大人孩子，庄稼牲畜之后，顺便问的就是——

你家的茄子开花了吗？我家的结得卵子吊杆了。

于是女人就有些歉意，别人家的桌上都有茄子可吃了，自留地的茄子才开花，说起就让人笑话。

于是空着手的女人，看着挎篮出门的女人，表情就不自在起来，后悔当初自己怎么没好好侍弄呢。

女人不快不慢地跟在女人身后，来到了茄子地里。女人弯下腰，用剪刀自豪地剪下几个长长的茄子，站起身，高矮要把茄子送给女人。可女人生死不要，还说，过不了多久，我土里的也能上桌了。

女人看着女人：你以为那么容易？茄子不是喂点水，洒点肥，就可以收拾的简单玩意。

女人望着女人：那你是怎么整的？怎么整的，快告诉我？

女人不慌不忙地说：天阴了你要给它加衣，天热了你要给脱衣，若是生病了你要

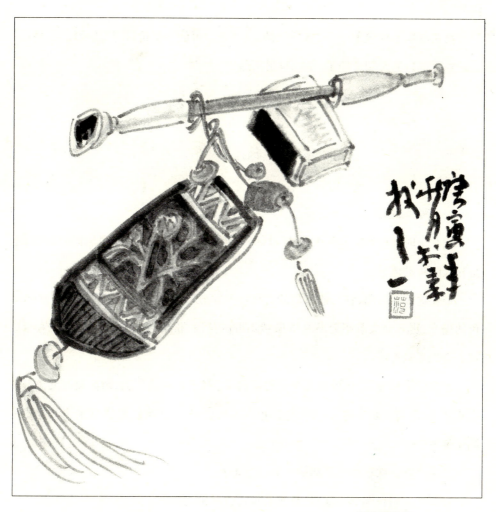

范宏亚作品

赶紧给它打针吃药。

像经养一个娃儿那么周详。两个女人异口同声地笑了起来。

看来茄子不仅是茄子呵！女人居然可以把它当作娃来养的蔬菜，它价值究竟如何呢？

我在市场上拿起了一个 1.5 尺长的，问菜农。可他不报价目，只让我放下，便说：这是外国进口的大棚子茄子，量你也出不起价。

菖蒲

一株神草，挂满了古典的五月。

我在李时珍的《本草纲目》里找过你，每年农历的五月初五到底是你的节日，还是村人吃粽的风俗？

谁让这么多菖蒲，在房前屋后的竹林坝里安分守己？村人一年到头没有歌唱绿色的概念，更不会去歌唱万草丛中傲然不群的菖蒲，价值越高的植物是不是越容易被人类的眼睛忽略？

留在村子里的人，已没有几个识得菖蒲了。孩子们一直以为，菖蒲就是艾蒿。其实不然，比菖蒲更明显的一些树，他们也叫不出名字，可悲呵。而我更多的思考却是陷于绝境——

第一个把一株草称作菖蒲的人到底是谁？

梭罗在瓦尔登湖畔的渔猎，是否看见过这种植物的影子？

我不得而知。

菖蒲——在你圈起篱笆的林子里，你不同任何人争论你的命运，初遇时，你就是治愈暑病的一剂苦口良药，爱者将你覆盖在发酵的胡豆瓣上，让你的清香四溢滋润桌上的饭菜，憎者将你拦腰割除连同柴火化为灰烬，化作天边的一团红云。

在乡间，我多想装扮你的墓地，十里芳香的黄桷树，请不要诽谤它——它香不过你的名气。但五月,我真的好想好想好想为你举办一次盛大的宴席,唯恐又是"遍插茱萸少一人。"

这一人当然是我,也是你。但那会是我吗? 那不是你又会是谁?

为什么最亲近植物的是乡村,最轻视植物的也是咱乡村。

冰糕

乡村少年的冰糕从不沾奶油味。

到了夏天,大人小孩都成了冰糕的俘虏。

遇上最高气温,那个光着膀子,头戴草帽,骑自行车的少年心里最高兴。他走家串户,用湿热的嗓音喊出四个冰凉的字——

"卖—冰—糕—哟。"

5分钱从少年的手上小心翼翼地换回一坨心花怒放的冰糕,先让手抖动几秒,才撕开那张滑腻的包装纸,然后彻底将圆柱形的染色体全部送进嘴里。

5分钱买不到5分钟的爽,我不到3分钟就在嘴里化完了一坨冰糕。这样的夏天当然是痛快的,一坨冰糕之后,就可以不下堰塘里洗凉水澡了。之后,立即投入地里的活路,父亲看了,才会满足我下次买坨冰糕。

一天中午刚在床上躺下,就听到卖冰糕的吆喝声。跑出来,不是那个有自行车可骑的少年,是父亲的熟人。父亲递给他一支烟和一把纸扇子,他摇晃了几分钟,垂头丧气地说,遇上倒霉(不热)天,走了一大圈,也没卖出几坨冰糕。

"拿出来自己吃,也行呵!"父亲劝慰他。

他说:哪里吃得完呀,还有一百多坨。都快化了! 话完,他便叫我端个碗来,那天我白喝了三大碗甜得冰心的水。

现在,我很想给他一箱冰糕的钱,可已打听不到他的消息。听我父亲说:他早已不欠那几坨冰糕钱花了,他的儿子当了银行副行长。

定西罐罐茶

雪潇
现居甘肃天水,系天水师范学院教授。

是人都会渴。渴了就要喝。神仙渴了,就喝琼浆玉液;清朝的皇帝渴了,就喝鹿血;以前的四川富翁刘文彩渴了,就喝人奶;现在的城里人渴了,就喝矿泉水……夏天,定西人在烈日下碾场甩连枷,汗如雨下之后,常常喝一种自制的饮料——滚水。

制作滚水的原料,或是炒楸树叶,或是炒焦的麦粒——最好是瘪小麦,瘪了的小麦入水后会浮在水面上,所以又称浮小麦。老人们说,喝浮小麦滚水,能解渴,也能止汗。也有人把大香和小茴香炒熟了,用开水一冲,这种滚水,据说能开窍明目。

最简易的滚水,就是把一块馍馍烧焦了,然后扔进瓦罐的沸水里,滋啦一声,焦馍沉入水底,香气飘出水面。人们举起瓦罐,美美地喝一气滚水,心里顿时会感觉一凉,全身为之痛快舒坦。

如果说喝滚水是定西人忙碌中的"快饮",则喝茶就是定西人相对悠闲时的"慢品"了。

土黄骡子驮缸哩

你唱歌我给你帮腔哩

我有心和你对着唱

嗓子塞着对不上

嗓子塞了茶喝上

你把我南路的腔拉上

　　这首定西民歌,唱出了喝茶之好:好就好在能让塞了的嗓子恢复歌唱!"四姐成(嫁)给了财东家,她会享福品香茶。"是的,在定西人的心目中,喝茶,从来就是一种生活的享受与幸福。

　　但是定西人喝茶的历史却并不久远。"寂寞经荒县,萧条只几家。边云迷古堞,嶂月冷清笳。小市都无米,居民不解茶。破檐门不设,愁杀晓风斜。"写的应该就是当时——想起来是多么遥远啊——定西一带的真实景象。这个江南书生,踏入与江南风光天地相比别是一个世界的甘肃陇中,觉得自己几乎是"落荒而走"。在他这种未出阳关先已满目苍凉的感受中,最让他不能适应的,有两样:一,食则无米。二,饮则无茶。

　　饮则无茶的历史,在定西是十分漫长的。有一种事实可为反证:在七十年代,定西人仍然大量饮用着自己做的"土茶"。《定西县志》载:"农家于果树落叶时,采集樱桃、楸子、红白檎、苹果等树叶,经熬晒,制成茶叶,供平时饮用。"严格地说,这不能叫做茶。

　　好多年前,定西人还喝一种极为劣质的茶,这种茶叫做"面面茶"。面面茶其实是不能叫做茶叶的,甚至也不能叫它面面茶,最准确的称呼,应该是"黑土"。过去进过磨房的人,也许对磨房里地上、墙上的白色积尘有所记忆,如果那可以叫做"白土",则我想茶叶作坊里地上墙上的黑色积尘,就是"黑土"。然而,就在1980年以前,在陇原上下,还有很多人仍然在饮用这种实在不能称之为茶的茶,只因为它便宜。

　　时光飞转,人民生活蒸蒸日上,食则无米饮则无茶的历史早成遥远过去。几年前，陕西作家贾平凹驾临甘肃通渭县，对通渭人的"茶生活"有过这样的描写："通渭不产茶叶，窖水也不甘甜，虽然熬茶的火盆和茶具极其精致，熬出的茶都是黑红色，糊状的，能吊出线，而且就那么半杯。这种茶立即能止渴和提起神来，既节约了水又维系了人与人之间的亲情。"贾公所描写的，就是定西几乎人人能解的所谓"罐罐茶"。

南方人喝茶，喜欢追求一个雅字，所以我们常常会从影视上看到那些装模作样的"茶动作"：轻轻端起，轻轻吸一口，咂一咂嘴，轻轻放下……南方人泡上一杯清茶，眼看着茶叶在水中舒展了身躯，鼻吸着淡淡的茶香，觉得有淡淡的芬芳从心肺穿过，然后被温润美妙的感觉所包围听风吹也听雨落，想过去也想明朝……于是便想去写诗了。然而定西人不喜欢这样喝茶。定西人喜欢喝罐罐茶。在定西，如果有亲戚朋友到自己的家里来，主人必先摆一个梨木小方桌，必先忙着把茶炉子生着。炖罐罐茶的小炉子，随时代的不同而不同，以前多用木柴，所以是泥炉子，所谓红泥小茶炉者是也。主人不时要低下头去用嘴把火吹亮，眼睛被烟得流泪，屋顶也往往被熏得乌黑；有了煤油以后，人们就改用为煤油炉，灯芯子可大可小，方便极了，缺点却是煤油燃烧时有一种味道，往往会影响了茶的清香；通电之后慢慢就使用电炉子，干净，方便，也没有异味，但炉丝常常会断，会打断了人们的兴致。现在，定西的好多地方都开始使用沼气，于是也开始用沼气炖茶。小小的一朵蓝色火苗，正好干净利落地煮茶，既卫生，又方便，且安全。炉子上坐着的，自然就是煮茶的小沙罐了。

定西人把喝罐罐茶形象地叫做"捣罐罐茶"。一边"捣"着，一边谝着，这谝就不再是"干谝"了，这谝就特别地有滋有味了。谝，四川人叫摆龙门阵，北京人叫侃，东北人叫唠嗑，书上叫聊天，定西人叫"谝椽"：吃喝嫖赌官，上下九千年，无所不聊，无所不谝。而一边谝，一边捣罐罐茶，则水陆并进，为谝之佳境。这样的谝，又叫"搞闲"，其实就是在一起说一些闲话。人生常讲正儿八经的话，如领导之开会，如教授之做报告，太累，太没意思，有意思的其实正是说闲话。贾平凹有时候会把一些秘密向人们免费赠送，比如他曾说："研读许多经典，发现了他们共同的秘密：会说闲话。闲话说得好，味就出来了。"语言之味，是什么味？贾平凹在同一篇文章里提到了一个很土但很准

范宏亚作品

的词:"筋"!这是陕西人形容最好吃的面条的一个词。这个词,有的地方说成了"劲",比如好劲道方便面。在定西,就叫"有筋桥",就是耐嚼。而闲话,是最耐品最耐嚼的一种话。说闲话的时候,最好的佐喉之物,就是茶,就是罐罐茶。

平常莫过于一杯凉水,一撮茶叶,一只或易拉罐或瓷缸或砂制的罐罐,一炉小火,而奢侈与隆重亦莫过之。一个人捣罐罐茶,是一个人的盛典;两个人捣罐罐茶,是两个人的盛典;七个人八个人在一起捣罐罐茶,这时候,这场面,几乎可以说是一个小村庄的盛典!

罐罐茶可是苦苦的茶哇,但人们喝的也正是那一口苦,人们需要的也正是那一口涩。几口苦茶下去,馋解渴亦解,怀舒情也舒,什么心中块垒,什么麻搭疙瘩,什么挫折打击,什么辛酸难过,都被这几口苦茶给冲走了、淡化了、融解了、淹没了。放下茶杯,低垂的眼皮抬了起来,四散的目光聚了起来,无力的胳膊雄壮了起来……沿着苦茶荡涤的通路,曾经迷失的精气神又一次如夏季的河水般充满了内心与血脉。这时看天,不再昏暗;听鸟,鸟语啁啾;望世界,世界明丽温暖,宛然美好人间……

喝惯了这样的罐罐茶,再喝纸杯子里的泡茶,简单,什么味道也没有——那几乎不能叫做喝茶!

阳光晒暖记忆

高维生
满族,现居山东滨州。

大黑狗

在姥爷家一天天熟悉,大黑成了我的好朋友,我俩形影不离。大黑是一条大狗,耳朵大而薄,四肢强壮,通体黑亮,皮毛光滑、柔顺,爪子上有白毛。

我和姥爷推开障子门,站在院子中的大黑狗,直往姥爷身上扑。它滴溜溜地瞅我这个陌生的人,似乎疑惑地问姥爷,这是谁。姥爷摸着大黑的脑袋,它撒娇地伸出舌头,舔姥爷的手。我害怕地往后退,紧紧地拽姥爷的衣服,躲在他的身后。姥爷说:"黑子,别闹了,吓着孩子。都是一家人,以后你俩好好玩了。"大黑狗打量我,爪子搭在我的前胸,看起来凶猛,我不敢碰它,大气都不敢喘。

我和大黑狗的交往就这样开始了。大黑狗不像别人家的狗好动,院里院外有动静就唤个不停。它总躺在窗下,脑袋枕着爪子闭目养神,就是苍蝇嗡嗡,也只抖一下毛。每次屋门一响,大黑狗敏感地睁开眼睛,抬起脑袋朝这边看。不管姥爷挑水或去牛棚,它都跟在后面,有时跑在前头,一路撒欢。

夏季乡间的雨水丰沛,整天灰蒙蒙的。雾像飘游的云絮,一堆堆缠绕亘迭的山冈。这样的天气不能进山放牛,吃完早饭,姥爷拿着绳子和镰刀,准备割些青草回来喂牛。姥爷没有凉鞋,穿着高及膝盖的靴子。姥爷、我和大黑狗出了院门,沿着屯外的小路,向山脚走去。大黑狗狂吠不停,我和姥爷赶到大黑狗面前,大黑狗嘴上淌着血。"大黑让土球子给咬了。"潮润的空气紧贴在身上,我一听身上起了一层鸡皮疙瘩。土球子是当地的一种蛇,虽然无毒,但滑溜溜的让人看后发毛。姥爷说:"你和大黑先回家。"说完他唤大黑狗:"你俩回去吧。"姥爷转眼的工夫消失在雾中,起始还能听到走路的声音,后来就听不到了。

大黑狗的嘴巴肿了起来,我蹲在它的身边不知该怎么帮它。大黑狗蔫蔫的样子,眼皮不抬也不理我。我在屋里找出一瓶紫药水,从棉花包拽一撮棉花。在家的时候手破了,妈妈给抹一点紫药水,第二天伤口就会结了硬皮。姥爷回来,看见我手中的紫药水说:"不用管,它自己有办法,会跑到山里找草药吃。"

我听后心中难受,不觉得流出了眼泪……

太阳终于露了脸面,阳光穿过湿冷的雾气,雾缓慢地散了,远处的山冈像展开长轴的山水画。我坐在炕上,伏在炕桌上写暑假作业。这时大黑狗不见了,不知跑哪去了。

牛舍

一条宁静的坑洼的土路,在雨中蜿蜒。一个男人戴着旧草帽,肥大的工装裤挽得高高的,露出半截枯瘦的腿,蹒跚在泥泞的路上。雨丝勾勒出他身体的轮廓。似乎一阵疾迅的风,一阵骤密的雨都能击倒他。

雨季来临,孩子们不能撒野,憋在家里眺望窗外,绿色的植物疯狂地生长。久雨不晴的天空,阴云重叠,像灰旧的苫布,遮掩符岩山区。细细的水线,从屋檐上滴落。开始数得清一二,后来数不清就不数了。姥爷戴着旧草帽,挽着裤腿,露着干瘦的腿,

自家食粮

范宏亚作品

踩着咕叽咕叽冒水的土路,艰难地向牛舍走去。山区缺电,交通不便利,很少有机动车的黑烟,污染草木。漫漫长夜,他唯一的依赖是一盏油渍的煤油灯,逐散黑暗,挂在皱纹中的乡愁,被灯光映出。昼夜不歇的溪水流淌,低吟浅唱,撩动暗夜宁静的山野。

牛舍有十几头牛,拴在松木杆子上,食槽的草料中拌着豆饼,牛不住闲地咀嚼,它永远不知累的滋味。姥爷在生产队放牛,跟姥爷去牛舍我玩感到新鲜。从小到大,我从没进过牛舍。我的学校院墙外有一棵大榆树,遒劲的树干,蓬松的树叶探进院墙。来城里的农民卸下车,把牛拴在榆树上,抖开麻袋里的草料,忙着办事去。我和同学们看着牛不敢接近,怕碗口粗的蹄子踢到我们。牛眼睛圆鼓鼓地像酒盅,尾巴像苍蝇拍般地拍打,轰着飞来飞去的虻虫。

姥爷喜欢孩子,那么大的年纪了,被一帮孩子直呼名字,这让人不理解。姥爷不想让我单独地玩,一天他找来了几个孩子,他们个个长得虎头虎脑,结结实实。姥爷把我介绍给他们,我不好意思一句话也不说。几个小伙伴围我身边,其中有个叫柱子的伸出手,我感觉他的手粗糙有力。

天气晴朗,阳光荡漾,涂抹在山野。姥爷轰出牛,十几头牛,不用赶,自己往山边走。牛脖子上的铃铛,叮叮咚咚,步履鲜明,踏着清脆的声音。屯子远去了,青葱的山冈离我近了,草木的香气在鼻子周围缭绕。柱子说:"你骑过牛没有?"我摇摇头,表示没骑过,看过电影中解放军战士,骑着大马,挥舞马刀,没见过骑牛的。柱子牵过一头,让另一个小伙伴托我上去。我害怕地骑在牛身上,牛背光滑,双腿紧紧地夹住,抓住牛鼻子上的缰绳,动也不敢动。我第一次骑牛,走在山路。姥爷倒背手在前面,手中转着一朵小花。山野开放着野花儿,铃铛声在山间回荡,质朴而悠远,穿越重峦叠嶂的群山,流到很远很远的地方。

一头驴的回家之路

桑麻
现居邯郸,系中国作家协会会员。

张绍辉在河北省成安县委副书记任上遇到一件事:有一天,他在邯郸县工作时熟识的郑某来找他,他家的驴丢了。郑相信驴不会自行出走,进洗浴城,下足疗店,隐遁山林,往海滨度假,而是有人半夜进了驴圈,把它牵走了。

他心里咯噔了一下。案子的棘手之处在于:驴没有语言,没有文字且不会书写,无秘书为同期翻译,无法实现与外界的沟通,即便被盗牵,只能乖乖就范。虽说科技发达到可以对移动物体实施卫星定位,但对一头驴没用,一是事先没有配备该装置,二是即令可以锁定目标但成本昂贵,恐非普通农户所能承受。所以,它一旦离开家门,就混同于一般的驴了,要么做陌路孤驴(旅),要么与他驴打成一片,这两种结局都比较理想。

郑一家人沮丧、愤懑。黎明发现驴不见了时,他们的心全提到了嗓子眼。他们担心它已经给送到高母的杀坊了。高母是成安县下辖的一个小镇,出产驴肉却不出产驴,这一事实令喜啖驴肉者闻之颜开,养驴者闻之股颤。一般而言,从外面输入的驴没有活着出去的,除非输入者另有打算。形势严峻,时间就是驴命。一家人当即行动,在太阳未露脸之前,以急行军乘二的速度赶到了高母。真天无绝驴之心!在一个屠宰点,疲惫而茫然的他们惊喜交加地与驴邂逅了。如果晚来一步,它将被分解成一挂驴肉、一张驴皮、四只驴蹄和一堆下水,而不再叫驴,改叫"鲜驴肉"了。一时百感交集,如梦似幻兮。

当昔日的主人与在黎明前的黑暗中送驴过来的主人(不知其姓氏,下称那人)相遇时,后者已经把屠夫付给的一沓粘有驴毛、血迹的钞票揣进了兜里,准备离开。郑先生在一排铁钩子下拦住了他,一把抓住象征主权的缰绳,这是我家的驴!那人也抓住缰绳,这是我的驴。你偷了我的驴,郑说,偷驴贼!那人色厉内荏,你……以后……血口喷人。你说是你……家的驴,有……以后啥记号?郑努了努嘴,记号,说不出有啥记号,一时卡壳。那人稳了稳神,口气变得不屑,你以后喊它一声,看它以后……答应不答应! 这是一个伪命题,让郑陷入被动。郑一时无言,只得拾人牙慧,重复那人的话,你说是你家的,你喊一声,看它答应不答应! 他不口吃,没带以后两字。两人相互驳诘,陷入同一无解方程,激动,脸红,唾沫迸飞,脖筋暴鼓如绳。驴则保持沉默。

又横眉立目,几乎要拳脚相向了。

郑住市里,半月二十天回一趟老家,每次回去,未必都与驴见面,不了解驴情在情理之中,遑论了如指掌了。驴方也然,虽与郑似曾相识,但别后时间过长,构不成条件反射,形不成记忆。同去的家人摸摸驴耳,拍拍驴脸,十分亲密。驴任由抚摸。一会儿,驴脸可能痒了,突然昂头叫了起来。双方都有点激动。激动归激动,没用。驴叫了不是答应。驴没有说人话,没有指认亲人,也没有指认贼人,叫二十声跟一声不叫一样。

郑忽然冒出一句,马上使牲口了,你家的驴舍得杀? 那人说,有啥舍不得,杀了,再买牙口嫩的。

理论了半天,没有结果。郑转向屠夫,这是我家的驴,反正你不能杀。屠夫手握利器,睥睨一切,不爱听这种话,心想,反正,什么反正,刀子认你反正!回去你拿出证据来就不杀,还算客气,但跟那人讲的如出一辙。郑在县人大工作,熟悉法律,此刻用不上，此刻需要的是法律规定的证据。反证当然可以，像赵本山跟宋丹丹。宋说这是我老公，赵说这是我老母。但驴不发话。急死人。形势对郑不利。

屠夫给出判断，人家牵来了，就是人家的。郑说，我家驴夜里丢了。屠夫说，跟夜里说去。……丢驴的多了。丢了，就是这一头？就来杀坊认？又问，你见他进你家驴圈了？郑没见，家人也没见。屠夫结论，不就是了。郑迫于情势，口气不得不和缓下来。你先不要杀，有争议，留个物证。屠夫说，我钱都给了。我花钱做啥，请它坐席呢。郑说，你体谅一下，宽限两天，如果证明不了是我的驴，再杀不迟。屠夫不松口儿，你跟人家商量，肉昨天就定出去了。

驴躁动不安，泪道湿润闪亮，前膀肌肉打战。

郑说要去派出所、乡政府报案，但不认识人。不认识人不好办。多少人事儿管不过来，谁有心思和功夫管你驴事。再者，也不会胳膊肘往外拐，偏向一个外乡人。那人在一边说，你告到县里我也不怕。这话像电光石火，让他突然间想起了绍辉。他哎哟一声，如梦初醒，不由一阵兴奋，旋即克制下来。有希望了。他对屠夫说，会有人做主的，你反正不能杀！

屠夫听他哎哟一声，再次说出反正两字，口气变得硬朗，不禁倒量起来。其实不用倒量也清楚。郑天不亮赶来，几十里路，没问题才怪。这类事不止一次发生，从来心照不宣，只要没人纠缠，各取其利罢了。眼下玄乎，驴还没有被大卸八块，就有人找上门来，再掺和下去定有麻烦。他改变主意，把那人叫到一边，嘀咕一阵，要回了钱，让他把驴牵走了。

郑离开杀坊，直奔数十里开外的成安县委。绍辉边听边琢磨上了。放在全县来看，稀松平常。失窃一驴，不会影响成安县社会稳定，不会影响邯郸县经济增长，导致严重后果更谈不上。他借故推脱，或象征性过问一下无可厚非。县里任一桩小事儿都比驴事儿大。但他没有那样。他可以忽视驴被盗的事实，却不能忽视郑的到访。对郑家而言，失盗是一件大事，关乎生产、生活和经济利益。诉求正当合理。耕种马上开始了，驴不可或缺。驴是家庭财产，先进生产力，某种意义上的宝贝心肝。有驴则预示劳动效率提高，预示多快好省，预示翻耕起来的潮乎乎的泥土上，堆起热气腾腾的农家肥,进一步预示麦苗那个青青、麦浪那个滚滚翻金波……。驴丢了,意味着好多东西没有了,眼下,起码郑一家人安稳的睡眠没有了。他决定过问此事。有人可能要说三道四,一个县委领导管人家驴事儿,成何体统。他不在乎。驴事乎?民事也。驴事固小,民事大矣!当官理民事。多大的官都要理民事。为官之要旨,职责所系也。

其实,此类事件旧时县官或曾遇到过,涉案的可能是一头驴,一头牛,或者一只羊。在《折狱龟鉴补》一个案例中,是一堆小黄瓜。县官当堂断定被告偷了邻居的黄瓜无疑。其理由是,黄瓜如许嫩小,是你家的怎么舍得采摘?绍辉不能这样武断,把驴送上杀锅,就一定是偷来的,得有其他证明。

绍辉当过乡党委书记,处理过大大小小不计其数的民事纠纷和案件,盗驴案却是头一次遇到。虽然集县委副书记、纪委书记、政法委书记三职于一身,想要弄清驴的来龙去脉,并非易事。

阅历和经验告诉他,不能先入为主,感情用事,得调查研究,让事实说话。他把县公安局一位副局长召来,责他过问此案,实地察访调查。

公安局和派出所的同志来到村里,找到村委主任,又叫来治保主任。两人说,你们歇歇儿,这么点小事不用劳动大驾。功夫不大,从那人家里回来,异口同声说驴是那人的。公安局同志问何以证明。他们说,人家的驴,喂了多长时间了,一直使着的,村里都知道。公安局同志不放心,不会有什么问题吧。两人发毒誓,如果不是人家的驴,我们说的不是人话,就当驴叫!公安局同志还是决定亲自到那人家里看看。他们进了驴圈,看了驴槽,听了陈述,一无破绽,遂让他们跟那人分别写下证明,捺了手印。

走在街上,公安局的同志说,槽边黑乎乎的,不像长期喂驴的样子。村委主任和治保主任说,光凭槽边光不光、净不净,断定不是人家的,说不过去。他们愤愤不平起来,他养了驴,别人就不能养了?他养了灰驴,别人就不能养灰驴了?公安局的同志不吭声了。

副局长带着证明材料见绍辉。绍辉浏览一遍,肯定了公安局同志的努力。他相信他们,相信村干部,可是,能怀疑郑吗?郑跑了几十里路来找他,有必要撒谎,找一头

自家食粮

范宏亚作品

"乌有之驴"?

绍辉大致猜到了这个结局。黑乎乎的槽边说明什么？没人会轻易承认偷窃。这个结果连自己都说服不了，别说郑家人了。就此不明不白结案，不无草率，为时过早。接下来怎么办？他离开办公桌，在屋里踱步。他说，你们费心了，但结果说明不了问题。还有一个办法，可以试一试。副局长肃立恭听。绍辉说，把驴牵到郑的村口，看看会发生什么……。副局长应承下来。绍辉对郑说，如果没有什么发生，恐怕就得认了。说这话的时候，驴已经在那人家里养了些日子了。

那人不同意，我的驴，为啥要拉到他们那儿检验。村干部也不同意，明摆着是人家的，这不是不相信人，有意偏袒嘛。公安局同志想，领导让去就去，去了也没用，不过多此一举。嘴上强调，这是县委领导意见，没有商量余地。你去了，才能洗清你自己。那人老大不情愿，暗暗给自己打气，驴要能找到家门，就该进学校识字了。

驴是怎样来到郑的村口的，我没有细问，可以想见，一是撵过来的，二是运过来的。我倾向于后者。路途迢迢，驴虽善走，却没有谁情愿陪它浪费脚力。

所以，下面的情形是：公安局的同志让村里备了一辆工具车，把驴拉到郑的村口。村人听说驴要回来认门儿，颇觉新鲜，都把手头的活儿撂下，聚在村口，等待驴的出现。

工具车出现了，在村边停下来。车上下来几个人打开后挡板，将两块木板斜搭上去。驴露面了。那人跟驴在一起。那人拉着缰绳，驴怯，后坐。几个人上车，推驴的屁股，下面的人拼命拽缰绳，把驴拉下车。公安局的同志抓住缰绳，牵着走了几步。走着走着，驴蹄欢快起来，拉不住了。他跟着小跑起来。其他人跟着小跑起来。驴拐到进村的直路上，低头在地上嗅来嗅去，尘土和草芥被它的鼻息吹得四散。它嗅着嗅着就卧下了。它打滚儿了。一连打了八九个滚儿才站起来。驴抖抖身子，龇开驴唇，打了几个响鼻儿，一改下车时的萎靡不振，驴脖一仰，冲着村庄、田野叫了起来。它叫了数阵，好像记起什么，毫不理会身边的人，顺着村路，甩开驴步，嗒嗒嗒嗒地跑过去了。聚在村口的人自觉地给驴让出路来。孩子们跟在后面跑，发出欢叫。驴七拐八绕，来到郑家门前。郑父在门口等着，正担心他的驴能不能回来呢。当他看到驴已经停在面前时,不安的心要跳出来了。老人上前搂住驴脖,像搂着儿子似的流下泪来。驴在老人身上闻闻,拱拱,安静下来。驴脸上的泪道更其发亮了。最后,驴挣开老人,迫不及待却稳稳当当跨过门槛,进了院子。它不再这里闻闻,那里嗅嗅,而是甩着小辫似的驴尾,直接进了驴圈……。

公安局的同志一直在后面跟着,后来就掉队了,就气喘吁吁了。他见证了眼前的一切,不住惊叹,太思议不可啦,太畜生聪明啦!语法都乱了。他想说给治保主任听,扭头发现治保主任不见了。驴挺的,下车还在呢,进村好像还在呢,跑了,……跑了和尚跑不了庙,饶不了你龟孙,听了你驴挺的话,差点弄成冤案啊。

副局长给绍辉复命,脸上讪讪的架不住,承认轻信证人证言,甚或先入为主,差点被他们蒙混了过去。他说,后来了解到,拍着胸脯打保票的村委主任和治保主任,跟那人一姓,是近门儿。他们都他娘的做了伪证。绍辉啊啊着,偶尔睨视一下。

副局长说,……给我上了一课。他省掉了驴字。绍辉说,是,动物有时比人聪明,可以为师。

副局长说,那人当时就被控制了。……估计有前科。绍辉说,那两个村干部要补课。乡纪委给他们诚勉谈话,看认识态度再处理,不过,他们先已丢尽脸了。至于那人,道德课的意义不大了,你们好好给他上上法律课吧。

蒲秧沟四季

张景祥

现居新疆沙湾，系沙湾县作协主席。

春

在蒲秧沟，每年春天来临的时候，我就喜欢到野地里去感受春的气息。

这个季节，农事活动还没有开始。我有的是时间，迈着我自由的双腿，走遍蒲秧沟的沟沟坎坎，坑坑洼洼。河的北岸，沙梁的南坡是我经常落脚的地方。特别是河的北岸，被暖融融的阳光骚扰着，一天变一个样子。头一天岸边还是稀汤烂泥。第二天再去，那里就变成了像面包一样的虚土。隔上一天又去了，蹲下来静静地看那松软的土，不眨眼地看上十几分钟，土的表面就动起来，仿佛土中有什么东西在往上顶。有时候这样看上一整天，却只见土动，不见有什么东西钻出来。临走的时候还不甘心，跪了双腿，双臂撑着身体，伏到地上，眼睛挨近了土，仍然看不见有什么东西。就只好起身回家。有时候，被事情耽搁了，隔了两天再去，那里已成了一片绿地。春天就这样放趟子跑来了。仔细看那块绿地，密密麻麻的蛋黄色的芽儿个个张开饥渴的小嘴儿，尽情地吮吸着阳光。静下心来,全神贯注地听,仿佛能听到它们的叽叽咕咕的吵闹声。这时候的太阳真像一只哺乳的大鸟,用她那阳光的大嘴,吐哺着大地的万物。小草真幸福!

小草露出芽儿的时候,春天的脚步就更快了。几天时间,小草就脱去了嫩黄,亭亭玉立在河岸边上了。青草长得最快,灰灰条和蒲公英也不落后。这些草都是牛羊爱吃的美味。

那天,我正在野地里看一滩草。邻居家的刘二赶着一群羊过来,我急急蹿过去,想把羊群挡开,但羊看到那滩草,眼睛放着绿光,向青草扑过去。显然,我的拦挡已经无济于事了。羊的嘴像什么?像镰刀?像剪刀?我说不上来。只见那些纤嫩的小草缩着头摇摆着身子,极力躲避着,但根却牵扯着它们,使它们无法脱身,最后只好让羊无情地吃掉了。草对于羊是美味,羊对于草是残害。

"刘二,你这狗日的。"我转身骂了一句,我只有把对小草的怜惜变成的愤怒发泄到刘二身上。

"你咋骂我?"刘二不解地问。

"谁让你的羊吃草啊?"我气气地说。

听了我的话,刘二哈哈地笑着说:"羊不吃草吃啥?"

刘二的话像一根顶门杠子,把我的怨气全都顶到我的肚子里去了。是啊,羊不吃草吃啥?羊生下来就是吃草的,然后吃大了吃胖了再被人吃掉。刘二没有错,但刘二不理解我此时此刻的情感和爱怜。

大概有两天我没去看那滩草。第三天去了,那里竟然又绿了,草好像比以前长得更高壮了。只是每棵草的尖儿上,都留着受伤的黄色痕迹。

我突然悟到了什么。小草热爱阳光,热爱生命,凭着这份热情,最终会长成一棵草。被牛踩了,被羊啃了,只是小草一生中所遭受的小小的挫折。正如我们人类,在一生的许多时候的许多事情中,都会受到风霜雨雪的侵袭,挺起腰杆走下去,身后就会有阳光。生活中,我们需要小草精神。

青草长绿了河岸,春天真的来了。这时候,蒲秧沟的野地里繁忙起来。人下地了,牛下地了,种子下地了。野地里,上年留下的枯草蓬蒿上,最先响起一声鸟叫。这鸣叫声仿佛号角,猛然间那无数种叫上名字或叫不上名字的鸟就铺天盖地地来了。我观察了几年,才知道,最先安家蒲秧沟的鸟是野百灵。野百灵长得不好看,一身暗灰色的毛,看上去普普通通。活动起来特别灵敏,一飞一落一蹦一跳,那一连串的动作像草间的闪电。最让人心动的还是它的叫声。它站在土块上叫,落在树枝上叫,钻进蓬蒿中叫,飞到空中叫。它简直是一位高超的口技表演家,声音一会儿细,一会儿粗,一会儿长,一会儿短,一顿一挫,一扬一抑,真是高山流水,行云流月。蒲秧沟的春天被它叫来了,蒲秧沟的百鸟被它叫来了。

鸟儿叫得最欢的那些日子,正是鸟儿们谈情说爱的时候。一旦它们订了终身,就会安静一段时间。树枝上,草丛中,蓬蒿里,鸟妈妈安静地卧在窝里,把希望搂抱在怀中。每当这个时候,我就会离开草滩,到沙梁上去转悠。沙梁上也涌动着春情。早醒的蜥蜴在地上蹿来蹿去,紧张地躲闪着我的脚。我友好地追几步,它便迅速地钻进洞里去了。洞不深,用一尺来长的小棒棒一捅,它就会猛地蹿出来,逃命似的钻到蒿子下面去。有时候,它会给我留下一个小尾巴。蜥蜴跑了,小尾巴却一跳一跳地逗着我玩。据说这是蜥蜴自救的绝招。没有几天时间,新尾巴就会长出来。

这时候,庄子里的狗也往沙梁上跑。一公一母的两条狗仿佛吃了兴奋剂,一会儿你追我,一会儿我追你,追着追着就追到了一起。这时候,公狗毫不客气地从腰间抽出一根爱情的绳子把母狗和自己牢牢地拴在一起,长久地立在那儿,一动不动。

春天的野地里到处充满了生命的激情和欢乐。所有的树都伸展着新亮的叶子,所有的野草都开出了五颜六色的花儿。河流恢复了生机,湛蓝的水面被春风吹皱。矫捷的燕子低翔在水面上,让多皱的水面掀起涟漪。硕大的水老鼠咬着青绿的芦苇,从河的对岸游过来,在河的中间划上一条水线,钻进岸边的洞中做窝生仔。

·农民沐浴着暖融融的阳光,把汗水和希望种进地里。姑娘们早已脱去了臃肿的棉衣,让青春的身姿通过单薄的花衣耀显出来。春天里,姑娘们的笑声是甜的,鸟儿的叫声是甜的。大公鸡站在院墙上,高昂着头,一声长叫,显示着雄赳赳气昂昂的力量。

蒲秧沟的春天,一切都让人激动。

夏

　　闹腾了一个春天的蒲秧沟在夏天里安静下来。村庄里基本上没有人。这是农村中每年都有的一段安闲的日子。种子撒进地里,苗儿还没有出来。男人们把铁锨立在墙角,赶着驴车,拉着女人到集市上去了。一个春天,折腾掉了不少力气,折腾掉了不少东西,该补充补充了。一年之计在于春。春天的日子快得像闪电,掐着指头都算不过来。一步跟不上,一件事情弄不好,一年的日子都要过坏,一年的烦心事都要踩着脚跟来。农民往地里送去的不仅仅是力气,还有化肥,还有农药,还有希望。孩子们都早早上学去了。各家的门户上,有的上着一把小锁,有的只扣着一个扣子,用一根木棒棒插着。谁家都有锄头铁锨,锅碗瓢盆,不用担心会丢掉什么。厨房的门都开着。案板上扣着盆子,盆子旁边扣着几个碗。锅头上放着一只茶壶,那是一壶酽酽的浓茶。几个小板凳散落在锅头旁边,门外的房檐下,还吊着一筐风干馍馍。夏天里,任何一人到任何一家去,都渴不着,饿不着。尽可以喝,尽可以吃。吃饱喝足之后,不要忘了把东西放回原处。

　　菜园子的园门也是开的,可以生吃的蔬菜满园子都是。红红的西红柿,绿绿的黄瓜,脆脆的青萝卜,随手摘下来,在衣服上蹭一蹭,咬一口,满嘴流水。熟人也好,陌生人也好,尽管打消被"捉"的念头,尽情地去享受那些没有任何污染的绿色食品。园子里的东西,都是用羊粪、牛粪、鸡粪、猪粪追出来的,是地地道道的好菜。在蒲秧沟,人们有一句劝客人的家常话:自己种的,不值几个钱,随便吃。看足了,吃好了,如果碰到主人,主人会可着劲地让客人带些东西上路。不要不行,真情会让你兜起前襟。

　　夏天里,我经常带人到蒲秧沟去。大多人不敢进菜园子,即使进去了,也不敢动园子里的蔬菜,我则不然,拔一个萝卜,大口大口地吃着,城里的朋友略略吃惊地说,这样不好吧?我说,我吃萝卜,你们吃惊。我的城市的朋友中,也有大胆的,进了园子,又拔又吃。这样的人，他的根十有八九都和农村连着。他们知道农家人的朴实，知道农家人"我的也是你的"的慷慨大度。在城市的菜市场上，为了一把芹菜，大吵大闹的事情经常发生。在蒲秧沟的菜园子里，你抱上一抱子芹菜，却能换来农民的信任。蒲秧沟人会说，这才是自家人。

夏天，在蒲秧沟的村庄里转悠，房前屋后，路边渠上的树为你遮阴。树下卧着的狗，眼睛一闭一合之间向你送去友好的目光。公鸡领着一群母鸡给你让路。棚下的肥猪吭吭叽叽地叫着，把你当成主人，猪圈旁边满地都长着灰灰条，拔上几根，扔给猪。猪吃得津津有味，你会在它的憨态中笑出声来。世界上最友善的动物就是猪，它把认识或不认识的人，见过没见过的人，通通看做是自己的主人。据说，猪的眼睛穿透力差，缺乏辨别能力。任何人在猪的眼中都是一样的，没有高贵与低贱、华丽与朴素之分。狗眼看人低，猪眼则是平等地看一切。

蒲秧沟夏天的村庄里到处充满了平和安详的气氛。这是一个让浮躁人的心灵得以安适静养的港湾。任何一个离开蒲秧沟的人，在喧嚣的城市待久了，都会想起蒲秧沟，都会在夏天里回到蒲秧沟。在蒲秧沟，可以让奔波的双腿驻足，让多尘的心灵荡涤，让疲惫的身体静养，让混乱的大脑清晰，让烦躁的情绪安定。

在蒲秧沟庄子里转悠上一阵子，你可以循着任何一条羊肠小道，到庄外的野地里去。铺满绿色的野地里，处处生机勃勃。一块庄稼，一丛绿草，一片林带，一泓清水，无处不在弹奏着生命的最强音。人融进绿色里，会把一切都忘得干干净净；人融在绿色里，原始的生命的冲动会从心底阵阵涌出。

庄稼地里有零星的几个农家人在忙碌着。他们弯着腰，双腿略曲，有力地踩着地，用劲地把太阳从东边背到西边去。这是几个和土地感情太深太深的人。他们忙了一个春天，在夏天这段安闲的日子里，仍然往地里蹿。即使庄稼地里没有多少事情可干，他们也会待在地里，看着苗儿顶出土，看着苗儿一天天长高长大。

在庄稼地里转悠，你最好不要去打扰干活的农家人。夏天里，庄家人的脸朝着地，眼睛盯着庄稼，嘴失去了说话的功能。他们在和太阳争时间，他们在和庄稼赛跑。他们的双手不能停，他们的双腿不能停。你也不要好心地去帮忙。帮忙犹如添乱。他

范宏亚作品

干他的,你转你的。想谝传,等太阳落山的时候,在农家的院子里,煨上一堆烟火,烧上一壶酽茶,就可以把蚊子熏跑,把话儿说透。

夏天里,傍晚的蒲秧沟又恢复了生机。袅袅的炊烟在晚霞的上空变成彩色。燕子还没有回巢。早出的蝙蝠在房前屋后乱窜。屋前的干树枝上,猫头鹰扇着翅膀,做着起飞前的准备。晚栖的老母鸡,深一脚浅一脚地摇晃着身子,毫无目的地在寻觅最后一粒粮食。

锅碗瓢盆的声音响起来。晚餐的香味从各家的厨房中飘出,在村庄的上空凑到一起,调和出一个村庄特有的味道,向另外一个村庄飘去。

牛羊回来了,挺着滚圆的肚子,向主人汇报着一天的满足。狗终于有了精神,血红的舌头不在拉出,围着主人跑前跑后,用尾巴勾着主人的腿,乞食的媚态把主人逗乐,残汤剩饭就变成了狗的美味佳肴。

蒲秧沟夏天的夜晚非常静谧。蒲秧沟人不过夜生活。晚饭后,他们就早早地钻进了被窝,他们必须养足精神,因为明天的太阳还在等着他们。

也有晚睡的几户人家。那一定是家里来了客人。夏天里,蒲秧沟人很累。但有客人来,他们还是打足了精神,弄出一道小菜,吆五喝六地划上几拳。蒲秧沟人有宰鸡待客的习惯。来了客人,他们会把正在下蛋的母鸡毫不犹豫地杀掉。他们把母鸡腹内还未成形的蛋和鸡肉一起炒了招待客人。据说,那些未成形的鸡蛋,是上等的补品,吃了可以滋阴壮阳、补气生精。农家人的好东西都是给客人准备的。一个老母鸡算什么,一群鸡娃到秋后就长大了。

夏天的蒲秧沟人是忙碌的。夏天到蒲秧沟去,你尽管独自去转悠。早晨去了,傍晚一定离开,想喝两壶,耐心地等到冬天。冬天里,蒲秧沟人有的是时间。他们会陪你喝上一天一夜,三天三夜。男人喝不过,拉上女人陪喝,一家人喝不过,叫来邻居喝,叫来村长喝。有时候,还会把乡长请来陪你喝,直到把你喝倒,蒲秧沟人才满足了。

夏天里,蒲秧沟可玩的地方太多了。运河、皇渠、亲家渠是天然的游泳池。你尽可以跳进河水渠水中,驱走夏日的炎热,躺在河边的沙滩上,让疲惫的身体恢复体力。你还可以到鸭娃坑去,看鸭子嬉水,听翠鸟鸣叫。如果幸运的话,你还可以见到高贵的天鹅、仙韵十足的丹顶鹤和依依热恋的鸳鸯。想吃鱼了,你可以坐在任何一个水滩边,垂钓入水,就有收获。有时候,钩还没有入水,一只青蛙会蹿起来,咬着鱼钩,让你意外地惊喜起来。蒲秧沟的夏天是美丽的,蒲秧沟的夏天是丰富的。

秋

秋天到了,蒲秧沟变了颜色。盛夏里,那充满生命的绿色开始斑斓起来。太阳的橘黄色从天空倾泻下来,被那些早衰的树木和野草无可奈何地接受了。那是一种不可抗拒的力量。大地上色彩的变化是明显的,仿佛有一位会隐身术的丹青高手,一涂一抹之间,蒲秧沟就一天天地变深沉了。

树的叶子不再葱绿。有那么一天,突然发现,一棵树的半腰上有一片黄叶,几天后,半截树的叶子就黄了,只留下树梢上那一团绿叶,向空中唱着生命的晚歌。树叶的变化犹如中年人的头发,一个人几十年里不见一根白发,偶然发现一根,觉得很吃惊,但对着镜子仔细找过去,满头都可以找到白发了。人由此从生命的强盛的山坡翻过,开始走下坡路了。

一棵从春天长到秋天的草,长成了自己应有的高度,按时开花结籽,然后在秋风中使自己变得黄而硬邦起来。那些被割去的,或被牛羊啃吃过无数遍的草,在秋天来临的时候也慌了神,再也不追求高度,追求长度,注意自己的外形,而是刚刚长出地面,就开始急着开花结籽。植物如人,那些待字闺中的美丽女子,想必也有如草的感受。在鲜花盛开的季节里,她们自觉美丽无比,把蜂拥而至的追求者不放在眼里,等自己变成了明日黄花,才着慌了起来,但失去的已经无法挽回。

人到了一定的年龄,该干什么就必须要干些什么。

秋天里,所有的草一旦结了籽,不管那些籽儿是饱的还是秕的,秆儿叶儿都必须黄起来。黄色本来是很吉祥的颜色,它象征着富贵和饱满,比如皇帝的黄袍马褂,比如秋天原野里丰收的庄稼。但在当今的社会里,却把黄色与猥亵论为一谈,真让人无法思考下去。

秋天的庄稼地里，处处都绽开着笑脸。苞米张开大嘴放荡地大笑着，把所有的金牙露在外面。棉花袒着雪白的酥胸，羞涩地浅笑着，丰富着人的遐想。向日葵不再追赶太阳，把它那成熟的头谦虚地抵下来。高粱把红色洒向天空，与朝阳和晚霞融成一色。谷子如一位饱学之士，低着头想着明年的事情。唯有甜菜和青萝卜的叶子仍然绿着，它们为自己的主子输送着最后的甜蜜。

早播的冬麦出来了，那是一种坚强的绿色。这种深绿色在萧瑟的秋风中愈加青翠，直到大雪把它们覆盖，它们仍然颜色不改。向大地昭示着，冬天过后就是春天。

秋天，笑意映在蒲秧沟人的脸上。家家都在忙碌，人人都在算账。春天他们把一袋子东西拉到地里，秋天他们要把十袋子东西拉回家里。春天是吝啬的，秋天是贪婪的。力气挣来了丰收，汗水洗出了笑脸，劳动换来富有，这是最现实的哲学。

蒲秧沟的秋天，农民在收获果实的时候，也收获爱情，年轻的男女在春天里忙上一阵子，夏天便把这份热情暂时储藏起来，一心一意地忙地里的事情。到了秋天，庄稼丰收了，粮仓装满了，腰包鼓涨了，好事也就来了。年轻人爱浪漫，老年人讲实惠。下面是蒲秧沟一老一少的对话：

爸，我和她再谈上两年。

扯淡，豆荚子都饱了。

爸，那就谈上一年。

扯淡，茄子都老了。

爸，谈半年行吧？

扯淡，萝卜搁上半年就糠了。

儿子扭不过老子，只好把虚的弄成实的。

在蒲秧沟，秋天丰收的喜悦更多的是从儿女的喜宴上表现出来。房子是新的，家具是新的，三转（自行车、缝纫机、手表）已过时，三响（电视、电话、录音机）已不新鲜，冰箱、空调也能拿得出手。牛车马车没有了，一色的小轿车很风光地把媳妇拉回家。土锅头也不盘了，猪羊也不宰了，厨子也不请了。十天半月前就在镇上的酒店里订了

范宏亚作品

桌子。山珍海味不算啥，乌龟王八往上爬。两瓶三瓶喝不翻，五瓶六瓶才解馋，左邻右舍都请到，十里八乡尽醉倒。

公公婆婆醉过秋天，醉到冬天，仍然忘不了把新房里的炉子加热，耐心地等着又一次家庭的收获。

秋草的营养是丰富的。它们用了一个夏天的时间，尽情地吮吸着大地的精华，使自己在秋天里变成牲畜的美味。这种无私的贡献只有牛羊能体味出来。一头春乏夏瘦的牛，到了秋天就是另外一个样子，它的沟蛋子肥圆起来，皮毛闪着光泽，仿佛刚刚上过油。羊浑身都臃肿起来，它那硕大的尾巴颤抖抖地坠在身后，把身子拖得歪歪斜斜，秋天过后就是冬天，长一身长毛，长一身膘，才能度过寒冷，走向春天。一头春天抓回的小猪，现在已经长成了一堆肥肉，它整天慵懒地卧在农家的院子里，大声地打着肥胖的呼噜，在走向生命尽头的时候，能睡几天就睡几天。小鸡娃不再天真活泼，丰满秀丽的羽毛展示着成熟后的性感。公鸡走过来，母鸡爬下去，该享受的生活就要享受。麻雀的队伍扩大了，成群结队地飞舞在野地里和庄子的上空。有时候，它们集中在一棵树上，叽叽喳喳地述说着蒲秧沟一年里发生的事情。麻雀的会议从不冷场，你一言我一语各不相让，充分显示着麻雀社会里的平等和自由。鸽子的性生活开始冷淡下来。夏天里，一月一窝的繁殖，让它们精疲力竭，它们必须恢复体力，这样才可以安全地度过冬天。友善的燕子在一夜之间就离开了。它们从来不和主人告别。告别有时候是痛苦的事情。大雁凄厉的叫声从夜空中传下来，仿佛在告诉人们，它们不愿看着秋天肃杀的大地而怀着伤感离开故乡和故乡的朋友。大雁是孤儿变成的神鸟，它永远向往和追逐温暖。

河水不再喧闹，静静地流淌着秋天的思考。河底的鱼儿似乎怕打扰什么，缓慢地游着，夏天里跃上水面的调皮已经成为过去。青蛙不叫了，安静地伏在水边，随时准备着钻入泥巴中，去做长长的冬梦。

一阵秋风过后，所有的蚊虫蝇蚁都不见了。秋天的蒲秧沟走向寂静。

冬

当第一场大雪降落后,蒲秧沟就变成了一个银白的世界。一切美丽的东西都被掩盖起来。蒲秧沟在素雅和整洁中安静下来。村庄不再喧闹和忙碌,蒲秧沟人开始度过一年中最安闲的时光。

一年中的春、夏、秋三季,蒲秧沟人很忙,忙得几乎忘记了自己,忘记了家。冬天到了,白雪像一只温暖的大手,把蒲秧沟人揽进了屋子的怀抱。蒲秧沟人终于从忙碌中回过神来,要好好享受一下用一年的辛苦换来的真正的生活了。苞米码到了房顶上,辣子串挂在了屋檐下,铁锨立在了墙角,牧草垛在草圈上,一切都安顿顺了。一年中精神的亏空,肚子的亏空,眼睛的亏空和穿戴的亏空都需要补偿。

大雪覆盖了忙碌。人们只有在锅台上饭桌上寻找乐趣。春天抓的猪娃,现在已经肥大了。杀猪是蒲秧沟人入冬后的第一件大事。蒲秧沟人杀猪,有一个约定俗成的习惯。一个村庄的猪不是在一天的时间里同时杀掉,而是一家一家挨着杀。其实,杀一头猪,只需两三个人就够了,但蒲秧沟人杀猪要请上十几个人来帮忙。说是帮忙,其实就是请人来吃一顿,喝一顿,热闹一番。猪杀了,有的家庭摆上一桌,有的家庭摆上两桌,把行圈(猪脖子)全部割下来,切成大块,和酸白菜煮到一起。就这样一个菜,十几个人能吃上一天,喝上一天。饭食也单纯,就是猪血馍馍。猪血馍馍做法简单,猪血中掺了面、葱花、花椒、姜粉、大香和盐,搅拌均匀后,在蒸巴子底上摊上一层发面,把拌好的猪血摊在面上,上了锅盖,蒸上半个小时,猪血馍馍就蒸好了。

年,是蒲秧沟人最重视的节日。随着春节的来临,蒲秧沟人早早就忙碌起来。大扫除是首先要干的事。一年的许多日子,都忙在地里,现在终于有时间收拾房子了。女人们头上包个头巾,拿着扫帚把房梁上,墙角里,旮旮旯旯的沙尘清扫干净后,就开始洗东西,全家人的衣服要洗,被子要洗,床单要洗,窗帘要洗。所有的衣物一泡几大盆,要五六天才能洗完。春节里乐的是男人,忙的是女人。女人把衣物洗完了,腊月二十三就到了。俗话说,腊月二十三,过年还有整七天。从这一天起,就开始忙锅头上的事了。先是炸,炸油果子,炸麻花,炸麻叶,当然还要炸丸子。再是蒸,蒸花卷,蒸馒头,打锅盔。面食做完了，大年三十就跟着脚跟儿到了。这一天更忙碌。羊要杀，鸡要宰，鱼要洗，凉菜要拌。蒲秧沟人最爱吃的凉菜是干豇豆拌鸡肉。先把干豇豆煮熟了（煮干豇豆要掌握火候，煮的时间不能太长，也不能太短，太长了豇豆就烂了，太短了豇豆嚼不动），再煮鸡。鸡煮熟后，把肉撕成细丝，和煮熟的干豇豆拌在一起，然后加熟清油、酱油、盐、花椒、姜粉、蒜泥和辣子面，拌匀了，一道菜也就做好了。每户人家都要做两大盆子干豇豆拌鸡肉。

凉菜拌好后，已经到了下午。一张大桌子摆到炕中央，桌子上摆满了各种菜，桌子中间自然放着那盆诱人的干豇豆拌鸡肉。老人笑盈盈地在首席上坐定，儿女们端了酒，由大到小给爹娘贺岁。那气氛真是融洽到了极点。全家人在喜庆的氛围中过着大年。这一顿团圆饭一直吃到半夜。这时候，另一项内容又开始了。筷子碗碟收掉后，全家人又围着桌子包起了饺子。饺子馅是早就拌好的。这时候，老老少少就有了分工。媳妇擀面皮，孙子递面皮，老人和儿子围着桌子包饺子。包饺子的时候，要往其中一个饺子里放上一枚麻钱子。谁吃到这个饺子，一年都幸运。

饺子包好了，全家人围着桌子，吃新的一年的第一顿饭。这是真正的团圆饭。

蒲秧沟人三十晚上有熬夜的习俗。酒足饭饱后，一家人坐在炕上，拥着被子喧着一年的事情。娃娃们则打闹着，笑声从门缝里挤出去，那是另一种欢乐。

大年初一，给长辈拜年。这一天，有长辈的人家最热闹。初一若不拜长辈，到了初二、初三就晚了，那样对长辈就不尊敬了。拜年是件热闹的事情。这帮人走了，那帮人来了，往往是一帮人屁股还没有坐热，另一帮人已经进屋了，一帮人撵一帮人，穿梭走马，好不热闹。

大年初二拜丈人。新女婿，老女婿，领着媳妇提着鸡，多也好，少也好，丈人见了开颜笑。女婿回门，那是一番热闹。

初三之后拜亲戚、拜朋友、拜邻居，一直拜到初五。到了初六，开始请客。今天我家摆桌子，明天你家摆桌子。满桌子都是酒话，满庄子都是酒气。一场酒直喝到清明。清明前三后四不见雪。地上没有雪，蒲秧沟人的心就慌了，一年的忙碌也就开始了。

蒲秧沟人的冬天是在吃喝中度过的。

自家食粮

冬天的蒲秧沟也有些户外活动。滑爬犁、打尜尜、捉野兔、捉迷藏、打土块仗。年轻的妇女们高兴了，还会组织起来，凑上几台节目，唱上两嗓子，让男人们少喝几场酒。

蒲秧沟人在享受生活的时候，也没有忘记来年的事情。牛羊要按时喂草加料，圈中牲口的粪便要及时起出，堆成堆，让它自然发酵。熟粪来年上到地里，才能长出好庄稼。把该办的事情办顺，夏天就可以一心一意地忙地里的事情。一头耕牛老了，就要换一头口轻的，春天的事情才不会耽搁。

把该想的事情都想到了，把该添置的东西都添置全了，春天的脚步也就近了。

苹果树

程静
现居新疆伊犁,报纸副刊编辑。

似乎在各种不同的果树中,只有苹果树与生活的关系最密切。不仅郊外的园子里种着大面积苹果树,小巷许多人家的院子里也有苹果树。苹果树太普遍,以至于成了伊犁风情画里不可或缺的景物。我觉得,如果将新疆各地典型民居拍下来,土崖上的民居、沙漠边缘的民居、暗渠之上的民居、葡萄树掩映的民居,虽然都具有西域风格与特色,可是只有生长着苹果树的小巷或庭院出现的时候,我们才可以一下子指认出:这里是伊犁! 啊,苹果树,一枚别在伊犁胸前的徽记,亘古久远。

怎么能没有苹果树呢?生活中所有的一切——树下的晚餐,一场场歌舞,洒落在院子里的星辉、鸟鸣,冬天的果酱,葬礼,地毯上的午睡以及小巷孩子们的童年——都在苹果树的支撑与遮蔽中……或许这样写并不公平,难道园子里的杏树、梨树、桃树、桑树、樱桃树,就与生活不密切? 果实成熟,每个季节都有不同的水果享用,最幸福的就是嘴巴,整日被芬芳的物质填满。可是满足口腹之欲并不是主要的,收获给我们带来精神的丰盛,胜于从树上采摘下来的所有果实。从这个意义上讲,你认为飘荡在空气里的各种香味,哪一样是可以删除而无意义的? 啊,就是这样,伊犁生活的美满,正是各种果实气味的总和。可是现在我提出的疑问是,为什么苹果树与这片土地格外贴切,比其他果树更能说明"在伊犁"?它与这片地域有着什么样的源渊?就像我不能说清什么是爱情一样,爱情不仅包含气味、饮食、幻想、童年经历对一个人的影响,还有多巴胺、加压素和醋酸催产素之间的交互作用,神秘而复杂,源渊,也是一件令人无法清晰表达的事。

种植树木是维吾尔人的一种与生俱来的习惯。他们喜欢在房前屋后栽种各种植物,树木和花草将庭院围绕起来,在花朵的芬芳中,果实"噗噗"坠地———一种不自知的财富与奢侈。我觉得,习惯不过是一种在生活中被固定下来的行为。可是似乎不仅如此。为什么他们的习惯好像某种遗传病症,代代相传,集体发作? 是不是习惯经过漫长时光演变,会逐渐变成血液里的基因?就像现在,种植成了一个群体情不自禁的行为。

可是这些能解释苹果树出现在小巷的根源吗?还是抛却女性认识里一些莫名其妙的想法吧,如果追溯得客观一些,可以看到以下资料记载:作为古地中海区温带落叶阔叶林的残遗植物,野苹果生长于海拔 900 米至 1600 米的天山前山地带。主要分布在新疆伊犁西天山深处,东起新源县和巩留县,向西经昭苏、察布查尔、霍城县三县,延伸至哈萨克斯坦的阿拉木图州、塔尔迪库尔干州,再至吉尔吉斯斯坦的伊塞克湖州、塔拉斯州,最西到达哈萨克斯坦的希姆肯特州和乌孜别克斯坦东部的费尔干纳州。伊犁河谷土地开阔,冰川资源、"湿岛"气候等独特的水土光热条件,为野生苹果生存繁衍提供了有力的生态支撑,野果林面积浩大,生物物种多样,伊犁是名副其实的野果天堂。

我见过这些野果林。浩浩荡荡,布满山坡谷地,广阔而壮美,与梭罗在《野果》中引用帕拉狄乌斯所说的情形一模一样:"大地上到处生长着苹果树,没人种植,没人照看"。野果树从山脚一直向高坡生长,像一群群长腿的马鹿在奔跑,跃越一座山又一座山,自由、灵性,充满野性的表达与展现。可是野性不是表面的,而是出于内心的独立——它们"在野性中保存着这个世界",每一个野果子核内,2000 万年前的野生遗传基因密码仍秘密存在。啊,又是遗传,正是这生命深处的神秘记忆,向世人透露了"关于苹果最初的草图"(迈克尔·波伦《植物的欲望》)。那么,再没有比野生苹果更早到达河谷的生命——地上荒草漫漫,天山雪水四处流淌,遍地野果树下,西域各种野生动物成群穿过。而远方,一群更为高级的生命正向此地缓缓移动。大地上的迁移,充满了命运的未知与动荡,谁知道前方会遇到什么?谁能肯定遥远的土壤更适合生存?可是一种咒语般的召唤不断在耳边回响,人们无法停止移动的脚步。水向大海流淌或许也不是地势的原因,而是感受到远方一片海域辽阔、梦境般的隐约召唤。啊,生机盎然的荒野中,不仅可以找到苹果树与这片土地的源渊,还有与人类的源渊。一切,充满等待的意味。

可以想像,当那些游牧民族一身疲惫,在迁徙途中与一片绽放的果树相遇时产生的幸福与感动。他们决定在这里暂时休整。时光流逝,人们开垦土地、建造房屋,一个具有规模的城池渐渐形成。十三世纪,阿力麻里在河谷建立起来。就是这样,家园的确立不一定经过深思熟虑的考察,而是对一片土地产生的信任与眷恋。树底下第一缕炊烟此时具有了象征意义——游牧生活的一次停顿,俗世生活向荒蛮之地的初次问候。

史书对阿力麻里——这座以苹果命名的城市曾是察合台汗国、东察合台汗国和蒙兀儿斯坦的首都,丝路北道上著名的国际都会——这样描述:鼎盛时期,"城内街市流水交贯,果园诸多"。我们似乎可以看到,整个城市清洁芬芳,街巷内果树繁茂,渠水从道路两边潺潺流过。啊,伊犁生活的安宁与诗意,古已有之。

现在,阿力麻里虽然早已不复存在,但是在它的遗址上,苹果树依旧年年开放,好像还是原来那一株,千年时光在它们身旁流转。

一些野果树至今还在山上,另一些野果树经过嫁接、驯化,走进人类生活。它们结出甜美的果实,成为世俗生活的一部分。当一种物质最大程度楔入生活,属于民众、属于日常的时候,就会渐渐上升为一种精神寄托。苹果被反复吟咏,不断出现在我们的诗歌、民谣、地名与定情信物中。只是它出现的时候已不再作为果实,而是一种象征,与苹果对应的,是另一些词汇:家园、信仰、血脉、爱情。

范宏亚作品

现在,随着城市的建设发展,苹果树已经没有原来那么多了,大片果园消失,高楼大厦从从前落满花瓣的地方一幢幢拔起。可是郊外的果园仍然存在,它们一座连着一座,将城市围绕起来。年轻人的手风琴声常常从林子里传出,充满爱情的欢快与忧伤。而在城市的一条条小巷,果树伸过院墙,枝桠举向天空,在蓝色天空下就像一幅幅具有波斯风格的细密画。我觉得,如果以一种果实来作为伊犁的意象,一定是苹果——明媚的光泽、幽远的子核、纯朴的芬芳,那内在的气息,正是伊犁地域深处的品质。

我曾经品尝过野苹果。那些外表布满虫噬或雨点击打过痕迹的果子,吃到嘴里,味道酸涩,可是因为站在雨水中品尝,就会感到丝丝甘甜和清凉的气味。不过,并不是所有的野苹果都酸涩,有的也很甜。据说还有苦味道的苹果。我听说有一种野果树因持完全对立的观点,结的果子一部分酸,一部分甜,整棵树集矛盾于一身。那么,再没有比苹果更懂得人生况味的果实了。

以前我家院子里有三棵苹果树,从来没有结过果实,即使有一年开了满树的花朵,最后也没有结出一颗果子。我不知道那些果实都跑到哪里去了。可是苹果树枝叶繁茂,好像满腹话语,我感到一切并没有结束。离开那个院子之后,听说搬过去的那户人家在当年秋天就收获了那三棵树上的果子。三棵苹果树和我们一起生活数十年,它们站在院子里看见了什么?一个从中原来到边疆的家族的分崩离析?无论多么繁荣的家族都会走向分离,就像一棵树总会迎来自己的秋天。祖辈们不会想到,孩子们最终像蒲公英一样飘散,或者像逆流的鱼,费尽周折沿着他们来时的路回到关内。从终点回到起点,人生从未停止过动荡与漂泊。整个家族发生了多少事情啊,那一切的不幸与辗转。我觉得并没有什么真正的根,人生就像一种水生植物,随波逐流。漂泊是无法避免的命运,或者说,漂泊本身即是命运。

我相信世界上一些植物与人类心灵相通,并以植物的敏感预见未来。否则,为什么乡下一个老女人死去之后,她门前那棵果树会渐渐枯萎至死?院子里的三棵苹果树因为承受着一个家庭的悲欢离合,不能痛哭,不能逃避,不能言语,而只能在忍耐中,暗示无果人生。

　　除了山上的野果树还在漫游,完全忘记时间外,其他果树都来到果园和小巷,与这片地域上的人群一起承担生活。对这片土地上的大多数人来说,生活不在别处,只在近处,他们只有依靠着果树,才会感到生活的真实与温暖。苹果树下——小铁炉上的肉汤正在翻滚,孩子们在巷子里尖叫穿梭,一位老妪坐在门前,黄昏正将她缓缓湮没。而在另一条小巷,一个怀抱婴儿的年轻女人突然陷入恍惚,好像那时节遇到的那个人就在身旁,一个好男人,那时候却独独属于她,以至她常常心怀感激地认为上苍听到了她在清晨的祈祷:"我的良人在男子中,正如苹果树在树林里。我坐在他的树阴下,尝他果子的滋味,觉得甘甜……"啊,与庭院外墙上的蓝色相反,苹果树不能作为生活广阔的背景,而是可以相信的理由和依据。

两个人

周军成
现居乌鲁木齐,供职于某出版社。

歌声穿过的日子

"我是见过'皇帝'的人,群众都说我是个有福的人!能够长寿,不会死!因为'皇帝'一般人见不上,我见了!"

夏买买提今年92岁,他所说的"皇帝"是华国峰,1978年,他到北京参加"全国少数民族文艺调演",华主席曾经握过他的手。那年他从北京回来,见到谁都要把手伸出去让别人握一握,说"这是'皇帝'握过的手,你们也握一握,这个样子嘛你们也就跟'皇帝'握手了!"

墨玉县奎雅乡喀克勒克村,寂静的土褐色的村巷里,淡淡的沙枣花味让巷道里的泥土味变得有股子香气。这条土黄色的巷道里,一切的色彩似乎都是尘土和沙粒的颜色,树叶上、房顶上、道路上都被一些浮尘包裹着。而夏买买提却是另一种色彩,他家门口挂着粉红色的门帘,鲜艳得和这里的一切都不太协调。

夏买买提是个喜热闹人，92岁的热闹人。他是个在家呆不住的人，喜欢到处胡逛。

"我一天不出去嘛，身上要长好多个疙瘩，那些疙瘩嘛咬人呢！"

在巷道、村口以及别处人多的地方，他就想着凑过去，他凑进人堆里，即使都是女人的人堆，他也想着怎么凑进去。他说他能从里头吸进去一种快乐，能精神上一两天。夏买买提会把一群本来静默的人逗得前仰后合，把一个本来平静的地方，弄出些骚动和笑声。

在周围的一些村镇，夏买买提经常会被人请去弹唱，有时候一分钱都不要，想去也就去了，在人家家里喝一杯茶、吃上一块馕也就够了。他骑上毛驴或者坐在驴车上，就觉得有些幸福。

在和田，夏买买提有不小的名气，《和田民间歌曲集》里介绍他的文字，不是太短。只是那是本维文版的书，我们没法看懂，书里有一张他十几年前的照片。

1958年和1978年他两次去北京演出，58年那一次，他说：我嘛，早早的时候，北京就去了，好多个大官我都见了，北京那个地方太好得很了，楼嘛高呢，姑娘嘛也漂亮呢，这个嘛虽然好，就是"毛主席"没有见上，要是见上了嘛，我就更幸福了。

夏买买提的爷爷就是和田有名的艺人，他12岁的时候，跟在他爸爸后面学弹热瓦甫，跑过喀什、和田的好多个地方，他的歌声和琴声，让他小小的年纪已经开始有名了。

"我现在九十岁了，群众都喜欢我，我在他们跟前弹琴，他们活着没有压力，会一直快乐一直高兴下去！"

他唱歌有时没有固定的歌词，坐在他跟前听他唱歌的人都有可能被他编进歌里，被"糟蹋"一番，这有点像早年那个台湾的歌手张帝。夏买买提说："我是个文盲，他们说没有文化的人眼睛瞎着呢，我的眼睛没有瞎，好多人没有我年纪大，眼睛就瞎掉了，我没有，我的眼睛好的很，漂亮的'洋岗子'我远远地就看见了。"

夏买买提有六个娃娃，四个女儿两个儿子，最大的女儿已经53岁了，小儿子努尔·买买提只有19岁，正跟着他弹琴。

他说大女儿小时候，很聪明也很漂亮，有一年病了，眼睛瞎了，一直在他跟前。作为父亲，对女儿似乎一直有种愧疚的感觉，从他说话的语气上，我们能感受到。

夏买买提结过三次婚，第一个老婆在生大女儿的时候难产，去世了。第二个放掉（离婚）了，现在这个妻子叫阿瓦提汗。当我们问："'洋岗子'多大年龄？"他弄出了个鬼脸："这个事情不敢说，说了嘛吵架呢！"看他妻子离房子远了，压低声音说："50岁了，比我大丫头嘛小一点。"

"你现在有多少个孙子？"我们问。

"你说正式还是非正式的？"整个屋子的人都被这个回答弄笑了。

"'文化大革命'的时候，让不让你唱歌？"

"那一年，有人把我告了，说我唱'黄'歌，手铐拿来了，带上了，热瓦甫没收了。让我弟弟拿上了，不让给我，我自己又作了个热瓦甫。他们说我这个人嘛'调皮'的很！"夏买买提说："我嘛，一辈子不拿坎土曼，拿琴，县里的大工程都把我叫上了，修水利还有别的好多人的劳动，都叫我上了。我在的时候，'社员'干活不想家。我一唱歌，活就干的快，任务就完成的好。'鱼离不开水'的歌我唱；恋爱的歌我也唱。我一辈子幸福，共产党来了嘛，我更幸福了！我飞机坐了！"

夏买买提的思路和动作的敏捷灵活程度似乎只有六十几岁，我们说你的身体这么好，啥好东西吃呢？

"我一天吃的不多，基本上都是包谷馕，炒菜不吃，那个吃了嘛对人不好，羊肉清炖的吃，茶、乌麻什（包谷面糊糊）天天喝呢，不吃饭的时候，吃砸在一起红葡萄干和核桃，这个东西好，能让人好好的活，一百岁都能活下呢！红葡萄干阳性的，男人吃了好！有劲！一个没劲的男人，女人不喜欢！"

在我们不停的问话中，夏买买提一会儿就把琴拿起来拨两下，他实在是不想多说了，他想让我们听听他的歌。

这一阵子，夏买买提的歌声和琴声弥漫在屋里屋外，昏暗的屋子似乎因此而渐渐明亮起来，我听不懂歌词，但从他迷醉的声音和表情上看，可能与爱情有关，这是一个早年的爱情，就像一段尘封的回忆在夏买买提近乎声嘶的弹唱中慢慢启封。歌声穿过的岁月,也让我们想起不少往事。

他说他见过毛主席

他坐在门口,夕阳使他看上去像土墙上的一块污秽的斑点。

他手里抖动着一只脏乎乎的军用大头鞋,似乎想从里头抖落出些什么。他举起鞋子,朝里面看着。这时候,我们走了过去。

他把脚塞进鞋里,站起来,用手拍了拍后背的土,像见到老熟人那样笑着,张开的嘴把脸上的其它器官挤得快没有地方呆了。

"喂——朋友,里头住不住人?"熊二问。

"住呢。"他点头的样子看上去有些可怜。

我看清了他的头,感到荒唐。我怀疑这到底是不是个脑袋,倒像是一个已经被汽车压爆的足球,更像是一块没犁好的地。他可能得过"癞头疮"。如果把脑袋固定在某处,使之不来回晃动,你可能想不起来这是一个人的头。那坑坑洼洼歪歪扭扭的样子,使人觉得把五官装上去的确有些糟蹋了,虽然他的那些五官也不怎么样。

他给人笑的样子使我想起"阿Q",他笑得很寒酸,一副让人同情的样子。

他的颇具特色的头和一张扁平的脸上有层日积月累的灰尘。

"你们是乌鲁木齐的?"他的一对近似鸟眼的小洞里闪过一丝灰污色的光后,猛地问出了这句话。

我和熊二都没吭声,从他身边走了过去,他跟了上来。

这个招待所有两排土坯房子,夹着一个布满污雪和垃圾的操场。现在是三月,天有些冷。

我们办完手续后,被一中年妇女领进一间土屋里,炉子和土墙正喷吐着烟雾和热气。我听到身后的喘气声,不知道这家伙为什么要跟着我们。

"有事吗?"熊二问。

"没事儿,你是不是认识我?"

"不认识。"熊二说。

"你叫我朋友,我以为你认识我呢。我在乌鲁木齐有朋友呢,有个叫'猪老二'的你认不认识?"

熊二和我都摇了摇头。我想,这家伙真怪。

"我在党校干过临时工,党校我熟得很,我还在东后街、碱泉沟干过活。乌鲁木齐我熟呢,要不咋能看出你们是乌鲁木齐来的。"他说。

"那盛世才见过没有?盛世才原先就住在里头"。我想他应该听出来我的这话是在逗他,可他没听出来。

他挠了挠头,想了一会儿,说:"哎,是不是浇花园的盛老头,我认识呢。"

熊二笑了。我想笑,但没笑出来。

"我见过毛主席,你信不信?毛主席还摸过我的头呢!"他很是自得地说。

这话把人吓了一跳。虽然他有颗没有任何美感可言的头,但这话却让人心惊胆战。

在这个村野味十足的小县城里,不仅仅有驴叫,还有躲在驴叫背后的令人捉摸不透的东西。

我想这家伙脑子可能不对劲。毛主席也不是谁想见就能见上的。多少人想见都没见上。我想就是毛主席摸遍了全国人民的头,也不会摸他的头。他这头太醒龊了,那会是对一双伟大的手的玷污和亵渎!我想谁也不会忘记,就是那双手,轻轻地一挥,便使亿万人激动地流下了眼泪……

我觉得这家伙令人讨厌,是个偷取毛主席光辉雨露的窃贼!

我想说:就凭你,就凭你这个破样儿。

但我没说,我想听听他还能说些什么。

"我七岁的时候,娘老子都死了,就剩下我一人。我十岁的时候开始流浪的。真的,我在韶山见的毛主席,骗你是狗,那年我十三岁,七一年。"他说。

"七一年毛主席好像没有回过韶山。"我说。

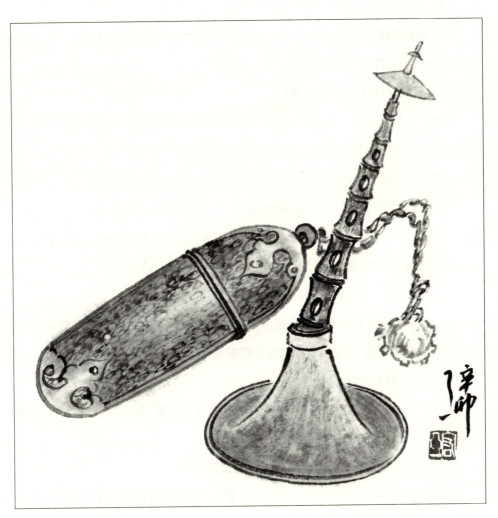

范宏亚作品

其实毛主席回没回去过,我也不知道,我只是想。

"七一年,骗你是狗!我真的见到毛主席了。"他的两只小眼里流露出想让我认可的欲望,他有点急了。

"帮忙往炉子里加点煤。"熊二插了一句。

他给火炉添煤的背影,使我想起一棵长歪的树。他身材矮小,顶多有一米五五。炉子上的火苗"呼噜噜"地叫着。

"你在这儿干啥事儿?"熊二问。

"守夜,也打点杂活。"他说:"我长得可怜得很是不是?真的,人家都说我可怜,我要饭的时候人家是真可怜我呢!我的头是不是不好看?"

"好呢,歪瓜裂枣甜呢。"熊二笑着说。

"我不行,我这么大了还没找到媳妇呢,上次在紫泥泉子差点和一个寡妇干一回,可后来人家又不干了,我长这么大,这没弄过女人呢。你能不能给介绍一下,寡妇也行呢,年纪大点也行呢。"

"行呢。"熊二说:"我下回来的时候看到合适的给你领来。"

听说熊二能介绍女人给他,他感激地对熊二说:"你是我见到的最好的人了,毛主席下来就是你。"他激动地不停地搓着那双污黑的手。

"帮忙再给炉子加点煤。"熊二说。

他给炉子加完煤,转身对我俩说:"我真的见过毛主席,我还在毛主席的床上躺过呢。"

他又来了,这回更玄了,他讲故事的欲望太强烈了。

"我娘老子死得早,我不想在家里呆,安徽知不知道,穷得很。我去过的地方特多,我走过那么多地方,我看还是这儿好。我扒火车厉害得很,好多要饭的都没我强,你信不信?北京我也去过,在天安门广场上站了好多天,想等毛主席出来,没等到。天安门广场太大了,我想如果把天安门广场都种上地的话,一年收的包谷够三四个大队的人吃上两年的。"他为自己能想出这个想法满意地笑了一笑,继续说:"后来我去湖南,没想到毛主席回韶山了,怪不得我在北京等了那么多天也没等到。那时候,我刚好在长沙,一听到就爬火车去了,你想呀,要能见上毛主席,就是马上让我死掉,我都干呢! 真没想到呀,真让我见上了。那时候,好多人都去看毛主席,不过呀,大人不行,大人不让到毛主席跟前,我那时才十三岁,当然可以了,我挤呀挤呀就挤到毛主席跟前了。那时候,我的衣服破得很,头又是这个样子,当然引起毛主席注意了,毛主席走到我跟前,摸了摸我的头,问我:'娘老子呢?'我说:'死了。''家在哪呀?'我说安徽,'咋来的?'我说扒火车来的。我看毛主席的眼圈都红了,毛主席可怜我呀! "

"毛主席招了下手,过来个人,戴个眼镜,可能是秘书。那人把我领到毛主席住的屋子里,让我等一会儿。人家给我拿来衣服让我换了。我又洗了个澡。那是我第一次洗澡,以前哪洗过澡呀。后来我睡着了,那一觉是我这一辈子睡得最香的一次,那可是毛主席的床啊,谁能睡上? 我想连省长都睡不上。后来嘛,毛主席给我们县长打了个电话,把县长给骂了一顿,让把我安排好。我走的时候,秘书给我了个大像章,有脸盆那么大,我带着那个像章走在街上,好多人都围着我看呢,你们信不信? 那个像章可惜没带在身上,要是能让你们看看,准能把你俩吓晕过去,像章在我一个叔伯哥哥家放着呢,他帮我看着呢。"

我不知道这家伙到底说的是真话还是假话,人话还是鬼话,可有一点,他把我感动了,他太需要别人听他讲故事了。

当一个人为自己构筑一个神话的时候,总是有原由的,我们作为一个旁观者,又能说些什么呢?

也许太没有人重视了,他才把自己放进这个神话里,他梦游在其中活得还算是滋润的,即使没有女人或别的什么。

可我还是说了句:"我看你是在胡扯! "

这时间,他正在往炉子里添煤,背对着我,不知听清我的话没有。我看了看窗外,外面的天已经很晚了。